가을이
왔어요

포레스트 웨일
공동 작가

김승현 | 유복희 | 김원민 | 유영미 | 퍼팬 | 다담 | 봄비가을바람
꿈꾸는쟁이 | 최동준 | ED | 백우미 | 김동방 | 지후 | 박지형
기록 그리고 기억 | 서화 | 리온 | 수아 | 메이 | 김미생 | 연분홍
윤재 | LYR | 사랑의 빛 | 이상 | 사각사각 | 김혜연 | 수현
BlueMoon | 유화양 | 미소

차례

필명	가을	페이지

1. 김승현	가을 냄새	8
2. 김승현	가을의 밤	10
3. 김승현	중국에서의 가을	12
1. 유복희	노을에 비춘 꽃	14
2. 유복희	꽃과 낙엽	16
3. 유복희	가을에 피는 꽃	18
1. 김원민	너도 가고 나도 갈 때	20
2. 김원민	가을이 온다	21
3. 김원민	가을 끝 무렵	22
1. 유영미	그 가을의 가족사진	24
1. 퍼팬	익는다	30
2. 퍼팬	피날레	32
1. 다담	가을 단골 완상	34
2. 다담	가을 대추	40

3. 다담　　　　이별이 아픈

　　　　　　　너에게 가을에 쓰다　　　45

1. 봄비가을바람　　　가을 마중　　　49

2. 봄비가을바람　　　가을이 왔다　　　51

3. 봄비가을바람　　　가을의 맛　　　53

1. 꿈꾸는쟁이　스치듯　　　56

2. 꿈꾸는쟁이　온통　　　58

3. 꿈꾸는쟁이　가을이라...　　　60

1. 최동준　가을인사　　　62

2. 최동준　바램일기　　　64

3. 최동준　빨간물감　　　66

1. ED　가을, 가끔　　　68

2. ED　가을이 왔나 보다　　　70

3. ED　마술사　　　71

1. 백우미   가을 옷   72

2. 백우미   늦가을에 닿으면   74

1. 김동방   라스트 댄스   76

1. 지후   못지킨 약속 못다한 마음   78

1. 박지형   이른 가을의 나날   81

1. 기록 그리고 기억   가을바람   83

2. 기록 그리고 기억   단풍   84

3. 기록 그리고 기억   그 계절   85

1. 서화   나에게, 가을   86

2. 서화   너라는 계절   88

3. 서화   가을비   90

1. 리온   계절을 따라   92

2. 리온   바라보고 있는 것   93

1. 수아   촛불이가 은비에게   95

2. 수아	가을의 크리스마스	97
1. 메이	그래, 그런 것	98
2. 메이	허수아비와 청춘	100
3. 메이	나는, 여전히 가을을 사랑하지 않습니다.	103
1. 김미생	가을, 전어와 아버지	106
1. 연분홍	여름과 겨울 사이	117
1. 윤재	가을날	119
1. LYR	어서오세요	121
1. 사랑의 빛	엄마의 가을이 익어간다:빈자리	122
2. 사랑의 빛	엄마의 가을이 익어간다:신비의 계절	125

3. 사랑의 빛　　엄마의 가을이

　　　　　　　익어간다:인생 곳간　　　　128

1. 이상　　　할머니에 대한 추억 1　　　136

2. 이상　　　할머니에 대한 추억 2　　　142

1. 사각사각　제 여름과 가을사이　　　151

2. 사각사각　맨발로 걸어볼까?　　　157

3. 사각사각　리틀 포레스트의 가을　　163

1. 김혜연　　가을,

　　　　　　　변치않음을 심는 계절　　169

1. 수현　　　열일곱　　　　　　　　174

2. 수현　　　어릴 적 이야기　　　　　176

1. BlueMoon　그늘진 가을 정류장에서　178

2. BlueMoon　길가에 쓰러진 가을　　　179

3. BlueMoon　낙엽이 쌓인 계곡　　　　180

1. 유화양   가을비   182

1. 미소   가을   185

가을 냄새

가을 냄새가 난다고 킁킁거리고 장난치던 때가 있
었다.

가을 냄새가 무엇인지도 몰랐지만 괜스레 어른 같
아서 가을 냄새가 난다고 말하고 다녔다.

나는 사실 여전히 가을 냄새 이런 거 아니 사실 앞
으로도 잘 모르겠지만,

코끝에 바람이 묻고 짧은 내 머리칼 사이로 선선한
냉기가 불 때, 내 방 커튼 사이로 바람이 느껴질 때

어느덧 가을이 왔다고 느끼고, 가을은 내 손끝을 간
질인다. 가을의 낮게 짙은 무언가의 이미지,

흐렸다가 맑았다가 변덕이 심한 가을 거리를 걷고

있자면 꼭 내 기분 같을 때가 많다.

　올해도 이런 가을을 맘껏 즐기려면 오늘 가장 좋아하는 카디건을 맨 앞자리에 옮겨 걸어야겠다.

가을의 밤

가을의 끝자락에서 너무나 아쉬운 작별을 하기 위
해 이제 곧 다시 방 한쪽 오랜 시간 기다릴

트렌치코트를 걸치고 산책하러 나갔다. 제법 추워
진 날씨에 어깨가 움츠러들고

지나가는 사람들의 옷은 이제 두꺼워졌지만, 마지
막으로 트렌치코트를 입고 싶었다.

트렌치코트의 깃을 여며 코트의 띠로 허리를 졸라
맸다.

바람이 불어와 눈썹을 가리는 앞머리를 흩트렸지
만 그래도 바람 한 점마저 아쉬운 가을을 맘껏 느끼
려고 했다.

밤이 되니 추워지는 날씨가 진짜 겨울이 오나보다 생각하게 했다.

좀 전까지는 정말로 전혀 춥지 않았는데, 해가 져서 그런지 역시 옷을

너무 얇게 입은 건지 갑작스럽게 한기가 느껴졌다. 턱을 푹 당기고 코트 주머니에 손을 찌르고 걷기 시작했다.

더 걷더라도 가을을 조금이라도 더 느끼고 싶은 밤이었다.

중국에서의 가을

가을은 외로움을 즐기기에, 충분한 계절이라 생각한다.

중국에서의 어학연수 생활에 나는 같은 학교에서 간 14명 중 유일한 남자여서 뭐든 자연스레 혼자 하게 되는 일이 많았다.

가을의 타국 생활은 사실 외로움이 너무 컸다. 기분 탓이었을지 모르지만.

그러나 가을은 나의 외로움에 대답을 긍정적으로 내뱉었다.

"즐기라고, 어서 나와 하늘을 집어삼키라고, 잡아먹으라고!"

그때부터였다. 중국에서의 가을을 온전히 즐기기 시작했다.

혼자만의 꿈같은 가을의 시간, 어딜 가던 시끌벅적 중국어 속에 파묻혀 즐거움과 또 고독감을 동시에 느꼈다.

혼자 있어도 괜찮다고 생각하게 되었고, 외로움을 온전히 즐기는 방법을 터득해 가고 있었다.

가을은 1년 중에 혼자만의 시간을 맘껏 즐기라고 신이 주신 쉬는 시간 같다.

업무도, 과제도, 직장 상사도 없었던 그때로 다시 푹 빠져들고 싶다.

혼자 있지만 혼자가 아닌 지금 이 자리에서.

노을에 비춘 꽃

해를 기다리며

뉘역이는 해를 바라보며

그렇게 계절이 지나고 있었습니다.

mood moment

기분 좋은 순간, 전환의 순간

과거와 현재를 유영하는 순간

그 찰나에 붉게 타오릅니다.

노을에 비춘 꽃은
햇살이 머문 자리를 떠나보낼 때
다시 만날 날을 고대하며
수줍게 바라봅니다.

수많은 영광의 날들이
피어 타오르고, 삶의 보람을 맛보며
그렇게 세상을 바라보는 기쁨을 느낍니다.

꽃과 낙엽

뜨거웠던 여름 푸른 날들을
뒤로 한 채 가을을 맞이합니다.

빛 뿌린 저 너머에
고아한 속삭임들이
붉게 물들입니다.

어느덧 사랑스러운 빛깔들은
봄날과는 다른 형태로
마음을 설레게 하더니,

낙엽과 꽃은
활기의 옷으로 갈아입고
머물 시간을 알립니다.

가을에 피는 꽃

그냥 살아가다가
가는 것조차도 사랑스럽지 않은가

그냥 바람에 실려 때론 햇살에 쬐여
피고 지우며 그렇게 살아가는 것만으로도
아름답지 않은가

사계절 어느 모퉁이 끝자락을
향해 가는 듯 보이지만
가을에 피는 꽃도 다 뜻깊게
피어난다는 것을

애쓴다고 꿈꿔지는 것도 아니고
절망한다고 꿈이 안 이뤄지는 것도 아니고

돌아오는 가을에 피는 꽃처럼
저마다의 자리에서 저마다의 방식으로
뜻깊게 살지 않겠는가

너도 가고 나도 갈 때

봄이 가고 여름이 올 때
너는 꽃잎 한 개를 흘리고
나는 눈물을 흘린다.

겨울이 가고 봄이 올 때
너는 꽃잎 대부분을 흘리고
나는 눈을 녹인다.

봄도 가고 여름도 가고
겨울도 갈 때
너도 가고 나도 간다.

가을이 온다

단풍 하나가
물에 떨어지면
단풍의 붉은 기운이
물을 붉게 물들인다.

살아있는 액체
역동적인 단풍잎
스산한 가을바람이
보이면
가을이 왔다 한다.

가을 끝 무렵

오래 머물 수 없는 너지만
점점 사라져 가지만
나는 너의 기억을 살게.

머지않은 미래에
너 없는 시간을 살아야 하겠지만
너와 함께인
이 찰나의 시간을 사랑할게.

먼 미래에
널 아는 존재가 없겠지만

널 남기기 위해
이 시 한 편을 남길게.

그 가을의 가족사진

추석이 되면 아버지 추도예배를 드린다. 손가락을 하나씩 접어가며 세어보니 벌써 15년 전 일이다.

밤낮으로 찬 바람이 불었다. 그러나 여전히 낮의 햇살은 뜨거운 어느 토요일. 퇴근길 버스정류장에서 엄마로부터 전화를 받았다.

"영미야, 아빠가 암이래."

평생 제 멋대로인 아빠를 미워했던 내가 미워졌다. 깊이 들어 마신 아스팔트의 뜨거운 공기가 폐부를 찌르는 듯했다.

평범하고도 순진했던 가정주부였던 엄마는 매일 흔들렸고, 동생은 군대에 있었다. 유일하게 정신을 차려야 하는 존재는 나였다.

"내가 일찍 죽으면 될 거 아니야!"

아빠는 고통이 심해질 때마다 죽기로 작정한 사람처럼 소리를 질러댔다. 집안의 온도, 음식, 자세 등 모든 것을 걸고넘어졌다.

엄마가 지치면 내가, 내가 지치면 엄마가 서로를 의지하며 아빠를 간호했다. 가까스로 예약한 큰 병원에서는 전이가 심해서 해줄 수 있는 것이 없다고 했다.

집으로 돌아온 이후 주말마다 손님들이 찾아왔다. 넋이 나간 아빠를 보며 사람들은 그저 손을 쓰다듬고 돈 봉투를 주고는 돌아갔다.

"영미야, 우리 이 돈으로 가족사진 찍자."

내 방으로 들어와 줄줄 흐르는 눈물을 닦을 새도 없이 사진관을 검색했다. 가족사진 촬영 금액이 이렇게 고가인지 처음 알았다. 최대한 가격과 컨셉이 적정한 업체를 찾았다. 위로금을 받아 가족사진을 찍는 비합리적 소비를 위해 합리적인 가격을 찾고 있는 내가 꼭 두 개의 존재처럼 느껴졌다.

모든 의욕을 잃고 아무것도 하기 싫다고 소리 지르던 아빠는 가족사진 찍으러 가는 날엔 신사가 되었다. 목욕 후 스킨 바르고 머리를 멋지게 빗어 넘겼다. 살이 많이 빠져 어깨가 많이 남는 콤비 정장도 웃으면서 걸치셨다.

어린아이처럼 신난 아빠의 모습에 가족사진은 밝게 잘 나왔다. 현장에서 잘 나온 사진을 고르고 2주 뒤에 찾으러 가기로 했다.

"풀 패키지는 너무 비싸니까 기본만 해. 기본만."

아빠의 말씀에 따라 큰 액자와 작은 액자 하나씩 주는 상품을 선택했다.

2주 뒤 액자를 찾으러 가는 길이었다.

"아빠, 액자 찾으러 다녀올게요."

"응. 잘 갔다 와. 얼른 보고 싶다."

가는 길에 문득 풀 패키지로 할 걸 그랬다는 생각이 들었다. 이미 잔금도 다 치뤘는데 그게 가능할까 싶다가도 그냥 한번 말이나 해보자 하는 용기를 냈다.

"안녕하세요."

"네. 액자 보여드릴게요. 사진 잘 나왔네요."

"네. 감사합니다. 그런데요. 혹시 저희 찍은 사진들 다 받을 수 있을까요? 사실은 저희 아버지께서 아프신데 얼마 안 남으…."

말을 잊지 못했다. 이렇게 울면서 말하려고 했던 것은 아니었는데.

"고객님. 찍은 사진 원본 제공은 추가 비용이 있어요. 그런데 특별히 사연이 있으시니 이번엔 무료로 드릴게요."

"감사합니다. 정말 감사합니다."

큰 액자와 원본 CD를 들고 한걸음에 집으로 달려왔다.

"아빠, 이거 추가 비용 있는 건데 내가 공짜로 받아왔다!"

"진짜? 어떻게?"

"아빠 딸이 원래 수완이 좋잖아."

"우리 딸 잘했네. 잘했어."

아빠는 원본 CD에 들어있는 수백 장의 사진들을 하나도 남김없이 다 보고 주무셨다. 마지막 숙제를 끝낸 듯이.

아빠가 돌아가신 후 더운 여름이 되면 엄마는 가족사진을 떼서 숨겨놓는다.

"아유, 저 인간 이 더운 날씨에 나 혼자 고생하라고 먼저 갔어. 얄미워."

그리고 찬 바람이 불기 시작하면 어느새 다시 가족사진은 밖으로 나와 있다. 여름엔 시키지 않아도 떼놓고 가을이 되면 또 슬며시 내놓는다. 그래서 매년 추석에 동생과 나는 슬며시 가족사진을 벽에 다시 걸어 놓아드린다. 가족사진이 떼어졌다 다시 걸리는 건 그가 미운 것도 보고 싶지 않은 것도 아니다. 그저 더 만져보고 싶은 마음 때문일 것이다.

　가을마다 친정에 가서 엄마가 내놓은 가족사진 액자를 닦노라면 해 맑았던 아빠의 표정과 원본 CD를 공짜로 받아온 딸을 자랑스러워했던 그의 행복이 고스란히 느껴진다.

익는다

어디로 걸어가는지
이 길이 맞는지

겁도 많고 걱정도 많았던
너무나도 작았던 나의 여름

여름은 끝나가고
가을은 다가오고
나는 잘하고 있는 걸까

산책길 단풍도

나무의 열매들도

어쩌면 너도

이번 가을, 잘 익어가길

피날레

나뭇잎은 어떻게 저렇게
바람이 불어도 비가 내려도
떨어지지 않을까
어차피 겨울이면 떨어질 텐데

나는 지금 뭐 하고 있는 거지

내가 지금 하고 있는게 맞을까

생각을 멈추고 고개를 들어
붉게 물들고 있는 나무를 봐

이대로 떨어지긴 아쉽잖아
뜨거운 여름도 잘 버텼잖아

단풍은 우리에게 보여주는
가을의 피날레.

가을 단골 완상

한 번의 방문이 그 한 번으로 끝난 뒤 기억 저편으로 묻히는 곳이 있는가 하면, 다음에 또 오고 싶다는 애정이 저절로 생기는 곳도 있다. 그곳의 풍경 하나하나와 그곳을 가득 메운 공기조차 나와 하나인 듯 잊히지 않는 곳이 있다. 긴장했던 세포 하나하나가 풀어져 그대로 그곳에서 그대로 멈추고 싶다는 편안함을 느끼게 하는 곳이다.

가을이면 습관적으로 찾게 되는 단골 완상지 청도 '운문사'가 바로 그런 곳이다. 마치 안식처란 의미의 퀘렌시아 같은 곳이다. 힘들고 지쳤을 때 기운을 회

복 시켜주는 곳이다. 도시의 넘쳐나는 감각들에 긴장한 온 세포들을 제대로 풀어도 되는 곳이다. 보고 싶지 않아도 보아야 하는 것들, 듣고 싶지 않아도 들어야 했던 곳에서 탈출하여 원하는 대로 보고 들을 수 있는 행복감을 준다.

한두 번 좋아서 가다 보니 어느새 매년 가자는 기준 좋은 약속이 되었고 벌써 여섯 해가 되었다. 때로는 파릇파릇한 신록의 봄에 가기도 하고, 입김이 호나는 겨울 문턱에 가기도 했으나 아무래도 운문사는 450년 된 은행나무가 경내에 있어서인지 가을이 제격이다. 일 년 중 가을에 그것도 겨우 하루 이틀 개방하는 신비로움까지 더하니 꼭 보러 가게 된다. 물론 팬데믹 코로나로 몇 년을 개방하지 않고 있으나, 사찰 주위에 줄 선 노란 은행나무들과 붉은 감을 달고 있는 감나무들이 수려한 산세와 어우러져 자태를 뽐내니, 그저 좋은 곳이다.

석남사로 가는 왼편 길과 운문사로 가는 오른편으로 갈라진 길을 기점으로 운문로가 시작되고 이때부터 이미 단풍 완상은 시작된다. 구불거리는 산길의 양 갈래로 단풍나무들이 반기고, 돌아 돌아 만나는 산들의 형형색색 단풍 옷 입은 풍경은 절로 감탄이라 때론 갓길에 차를 세우고 감상하기도 한다. 사진으로 다 담기지 않는 자연의 색은 그저 가슴에 품는 것이 최고이다. 근래 몇 년은 가뭄과 폭염이 기승을 부리다가 갑작스레 서리에 한파가 닥쳐서인지 나뭇잎들이 그대로 말라 다소 건강하지 못하고 본연의 이쁜 색을 드러내지 못하여 못내 아쉬움을 준다. 자연은 이렇게도 솔직하여 인간이 해코지한 것을 그대로 받아들여 보라고 돌려준다.

사찰 매표 입구는 먹거리 거리가 조성돼 있어 식당뿐 아니라 각종 전통 식재료 파는 난전들이 즐비하게 서 있다. 지역 주민이 직접 수확한 각종 나물과 버섯류 및 청도 특산물 홍시를 판다. 우리는 첫 방문 시 <소풍>이라는 이름에 이끌려 들어간 카페와 인연이 되어 그곳 주차장을 단골로 이용한다. 남편이 소위 잘나가는 치과 의사였으나 각박한 도시 삶과 사람에 치여 훌훌 털고 같이 내려왔다는, 이젠 낯익은 카페 여사장님도, 늘 홍시 두 상자씩 사가는 좌판의 사람 좋은 미소 지닌 아주머니도, 메기 매운탕집 목소리 큰 여사장님도 정겹고 반가운 이웃 같다.

'호거산운문사'라는 석간판을 지나 입장료 이천 원을 지불하고 들어서면, 바로 시원하게 쭉쭉 뻗은 솔밭 길이 이어진다. 천 년을 제자리 지키고 선 소나무들을 보면 찰나 같은 우리네 삶이 잘디잘아진다. 붙잡고 싶은 순간들을 기억하며 솔향 가득 품으며 솔길을 부지런히 걷는다. 간만에 걸어보는 귀한 흙길도, 잘 손질된 낮은 울타리 안의 아기자기한 들풀들도 모든 긴장을 거둬간다. 고개 들어 하늘을 보면 온통 하늘을 다가린 기다란 소나무 우듬지의 푸르름과 청정한 바람이 참 싱그럽다. 좋다.

이십여 분 걷다 보면, 드디어 절 경내로 들어가는 입구가 나오고, 계곡 주위 은행나무와 자연 그대로의 돌로 만든 돌담과 곁에 늘어선 단풍나무가 멋스럽다. 사람의 눈은 다 비슷한지라 포토존이 되어 제법 많은 무리가 사진으로 추억을 담느라 바쁘다. 찍는 사람들의 표정과 순간을 젤 예쁘게 담고자 포즈 취하는 그 순간이 제일 생생하다. 찍힌 사진을 얼마나 다시 볼지는 모르나 사진 찍는 그 순간의 설렘과 긴장을 좋아한다.

1950년대 비구니 도량으로 혁신한 사찰답게 항상 단아하고 정숙한 곳이다. 주위 산세와 어우러진 사찰의 한국적 미학을 그대로 보여주는 곡선과 산의 능선이 하나로 잘 이어지는, 그야말로 명당자리에 위치한 천 오백 년 역사를 간직한 고찰이다. 작년 방문 시 천막으로 가려 치료 중이던 천연기념물인 처진 소나무의 멋드러진 긴 팔들도 아직 건장함을 보이고 있었고, 색도 제법 제 색을 유지하고 있어 건강해 보여 다행이었다. 가파른 등산로는 없으나, 그리하여 밋밋하다는 이도 있지만, 생태 보존지역답게 자연과 어우러지는 산책로가 잘 조성되어 종교적 목적이 아닌 옛 역사의 숨결을 느끼며 안정감을 느끼고자 하는, 등산은 꺼리는 나에겐 안성맞춤이다.

산그늘이 일찍 내려오는 가을이라 오후 다섯 시가 넘어가면 더 운치 있는 분위기가 펼쳐진다. 해넘이가 쓸쓸하기보다는 따스하다 느껴지는 곳이니, 벤치에 앉아 고즈넉한 분위기에 젖어보는 것도 행복하리라. 서서히 산그늘을 품어가는 절 마당이 그리 넉넉할 수 없다. 넉넉한 품에서 사바세계의 먼지는 앉을 자리가 없다.

저녁을 먹고 나서면 주위가 그냥 먹물마냥 검다. 도시의 찬란한 불빛의 저녁과 비교하면 여기는 하루가 짧다. 시골임을 실감한다. 북적대던 낮과 달리 가로등도 희미한 주변은 어둡고 바람은 서늘하다. 가게들도 다 일찍 문을 닫고 산도 어둠 속에 숨어 있다.

이렇게 올해도 단골답게 운문사를 찾았고, 가을을 느끼고 왔다.

가을 대추

'몸에 좋은 것은 입에 쓰다'는 말은 정말 진리이다. 군이 쓴 한약재만을 말하는 건 아니다. 대체로 건강한 식재료라 하는 것들이 내 짧은 입에는 그다지 맞지 않아 즐기지 않는다. 아직은 입속에 달콤함이 가득 베이는 것들을 좋아하고, 적어도 상큼하거나 매콤하거나 짭조름한 맛을 즐긴다. 그러니 그저 원재료 그대로의 싱싱하나 밍밍한 맛, 혹은 쓴맛, 시큼한 맛은 멀리하게 된다. 그러니 당연히 건강한 먹거리는 아직 가족에게 양보하거나 애써 의도적으로 노력하지 않으면 잘 찾지 않는다. 대기업의 대중적인 간식거리며 밀키트의 맛에 더 구미가 당긴다. 아직 젊어서 건강을 소중히 여기지 않는다는 핀잔도 제법 받았다. 그러나 어쩌랴, 아직 먹고 싶지 않은 걸.

가끔 수업 시간 전후 차를 대접 받는 경우가 있다.이름조차 낯선 식물차이거나 교무실을 가득 채우는 한방차인 경우도 있다. 주신 분 성의를 생각해 미소로 감사히 받으며 한 입 대어보나, 영 내키지 않아 몰래 버리기도 한다.이젠 아예 "김 선생님은 몸에 좋은 건 안 좋아하시죠?"라며 웃으며 내 순서는 건너뛰는 경우도 있다.

올해 내 옆자리에 앉은 신입 선생님은 참 맑다. 감추는 게 없다. 하는 일도, 느끼는 감정도 거르는 것 없이 솔직하다. 그렇다고 밉살스럽지 않고 기분 좋은 웃음 짓게 하는 재주가 있다. 자신의 실수나 모자람을 드러내려 하지 않는 보통의 사람들과 달리-특히 교사 직군-정말 자신을 낮추어 모르는 건 언제든 묻고 받아들인다. 게다가 얼마나 부지런한지 모른다. 늘상 뭔가를 조물락거리며 만들고 있다. 혹여 재활용 수거함에 종이박스라도 나오면 함박 웃음을 지으며 보물이라도 발견한 양 기뻐한다. 그러고는 한 시간 정도 뚝딱거리더니 거추장스런 전선을 감추는 깔끔박스가되었다.

자칭 박스성애자라는 그녀는 또한 건강 염려증 또한 지니치다. 몸에 좋은 건 뭐든 좋아한다는 그녀는 일단 출근 후 챙겨 먹는 영양제 수가 많다. 거기에 어디 어디에 좋다는 꿀차며 보이차 등 수시로 권한다. 난감하다. 업무상 몇 번 도움을 주고, 연구 수업을 위해 이런저런 팁을 준 것을 계기로 아예 나의 팬이 된 양 이런 이런 챙겨주는 것이 늘어간다. 때론 손 하트를 날리며 애교를 부리기까지 한다. 참 표현이 솔직함을 다시 느낀다.

어느 가을 날 출근 후, 우리 부서원들에게 그녀가 쭉 뭔가를 나눠준다. "이거 드시면 뱃살이 쫙쫙 빠져요, 우리 다같이 다이어트 해요."라며 나눠 준 것은 다름 아닌 대추칩이었다.

나에게 대추는 제삿상에 올려서 깐 밤과 구색 맞추

는 것이거나, 가끔 여름 보약으로 먹는 삼계탕에나 넣는 것이었다. 생으론 먹어본 적도 없는 옛스런 간식이었다. 감자칩, 고구마칩은 들어봤어도 대추칩이라니. 얇게 편으로 썰어, 바싹 말린 모양이 칩은 칩이었다. 성의를 생각하여 억지 미소를 지으며 한 입 먹었다. 오도독, 오도독. 어라, 꽤 맛이 있었다. 대추의 적당히 단맛과 바싹한 식감이 좋았다. 나만 그런 건 아니었는지 다들 한 마디씩 했고 반응도 좋았다. 구입 사이트를 묻고, 중국산과 국산의 차이를 신 나게 떠드는 그녀의 일장연설을 우리는 웃으며 들었다.

송정 시댁 마당에 제법 실한 대추나무가 몇 그루 있었다. 오가는 길에 오동통 여물어 가는 대추 열매를 보는 맛이 있었다. 선선한 가을 어느 날,볕이 좋은 날이면 아버님께서 "아이들 데리고 체험학습 하러 오너라." 그러시면 우리는 마당에서 대추 열매 따기 체험을 하며 하루를 즐긴다. 통통한 초록 대추 열매는 늘상 보던 쭈글한 팥죽 빛깔의 대추가 아니다. 사과보다 더 달다고 어머니도 신랑도 아삭아삭 씹어 먹었으나, 나도 아이들도 그저 따는 재미 딱 그 만큼이었다. 바닥에 후두둑 떨어진 대추를 누가 많이 줍나 내기도 하며 깔깔거렸던 그 날의 밝음이 한꺼번에 가슴에 훅 들어왔다. 공기 가득했던 따스함이 온몸에 돌고 돌아 우리들 미소로 다시 퍼져 나오던 그런 날이 있었다. 이제는 사라진 그 집도, 어머니도, 그 달다던 대추도 없는 지금, 난 옆 자리 선생님의 호의로 대추를 먹고 있다. 그 때 그렇게 권하던 어머니 앞에서 맛있게 먹어 보고 함박웃음이라도 지어드릴걸, 이제사 후회가 된다.

며칠 후 우리 교무실은 때 아닌 대추칩 열풍이 돌아 너나 없이 쉬는 시간이면 오도옥 오도독 대추를 씹고 있다. 나역시 이왕이면 국산 대추칩으로 주문하여 동참하고 있다. 내가 씹고 있는 것은 건강일까, 추억일까.

이별이 아픈 너에게 가을에 쓰다

가을은 비움의 계절이다.

가을은 차오르는 마지막 정점을 찍고 낙하하는 계절이다.

불타올라 화려하나 무거운 이파리를 적당한 시기에 떨어내는 나무의 지혜가 부럽다. 마지막 화려한 색감으로 존재를 드러내고선 아낌없이 비운다.

온 사랑을 받고 있을 땐 너로 인해 세상이 돌아가는 듯하고 이 세상 무대의 주인공인 듯 희열에 차 있었지. 그런 풍만한 사랑을 하다 이별 후 슬퍼하는 너에게 이 계절의 지혜를 보낸다.

불교에서 말하는 '방하착(放下著)'의 지혜를 보낸

다. 마음속에 어떤 생각도 담지 말고 빈 허공의 상태로 다 떨어내라는 방하착을 배우자. 누구나 가지에서 떨어질 날을 기다리는 짧은 삶을 살아가는 것임을 잊지 말자.

가야 할 때가 언제인지 아는 이의 뒷모습이 아름답듯이,

비워야 할 때는 비워야 새로이 담을 수도 있다.

다 떨궈진 나목으로 혹독한 겨울을 이기고 내년 어김없이 새순을 틔우는 나무를 배우자.

17세 소녀의 몇 달 안 된 풋풋한 사랑도, 20살 첫사랑으로 만나 3년간의 열렬한 사랑도, 죽을 것 같아 헤어진 후 새로운 시작을 망설이다 시작한 늦깎이 두려운 사랑도, 결국 이별하면 다 아프다.

누구의 사랑이 더 깊었고 그리하여 누구의 이별이 더 아프다고 가늠할 수 있으랴.

격하게 외로워야 삶을 안다고 하나 그 대가가 너무 가혹하다.

어긋난 사랑의 종말은 때론 날카로운 칼날이 되어 여차하면 상처를 준다. 방향성을 상실한 원망의 칼은 결국 나에게로 돌아와 나를 자책하게 하고 주눅 들게 하며 해친다.

이제 타인의 말과 행동으로 네 가치를 판단하지 말았으면 한다. 이 세상이란 커다란 무대에서 네가 주인공은 아닐지언정 네 삶의 주인공은 너이므로 힘을 내자. 불탄 자리에 새순을 틔워내자. 네 삶의 중심은 네가 되어야 함을 잊지 말고, 지난 선택의 결과는 흘러가게 보내도록 하렴. 아팠던 마음도 비워내렴. 어제까지의 화려함에 부러움을 샀던 삶이라도 떠나간 것은 보내주렴.

네 두 눈에 가득 찬 슬픔은 내 가슴에 가득 담아 저 하늘에 띄워 줄게.
죽어 별이 되듯 네 지난 사랑은 저 하늘 별들에게 양보하렴.

다시 시작하기가 그렇게 어렵지마는 않아.

비워낸 후에야 다시 담을 수 있음을 이 가을에 꼭
새겨두길 바란다.

비워진 네 마음이 투명하게 빛나고 있음을 기억해.

가을 마중

어디쯤 오고 계신가요?

내 목소리 내 손짓 아셨나요?

바람에 서늘한 기운 씌우고

나무에 갈색 향내 뿌리고

햇살에 열기 거두고

걸음 재촉해 서둘러 오고 계신가요?

문 앞에 오셨나요?

저만치 한길 건너 공원 나무 그늘에

숨어 있나요?

얼굴을 내보이지 않아도

다 들켰어요.
바람 결에 바람 소리에 바람 향내에
이미 가을 옷을 입혔잖아요.

부디 조심히 오소서.
발끝마다 놓인 여름 그림자
살살 달래어 오는 해 기약하고
고이고이 이별하소서.
마음 문 열어 그리움 얹어
그대를 맞이하리다.

가을이 왔다.

가을이 왔다.
슬금슬금 여름을 밀어내고
가을이 왔다.
찬 바람에 숨겨두었던
가을 노래를 꺼내 듣고
갈바람 갈잎에 편지도 썼다.
가을이 왔다.
파란 하늘 눈물 가득 머금고
울지 마라.
다독이던 가을이 왔다.
한 여름 이별은 뜨겁고

가을 한가운데 이별은
서럽고 서러웠다.
풋내 나는 봄날 이별은
노란 개나리처럼 아렸다.
봄, 여름, 가을 이제,
겨울에는 이별이 아니고
영원한 만남이었으면 좋겠다.

가을의 맛

가을은 맛으로도 알 수 있다.

달달하고 알록달록 색깔도 맛있는 과일도 있고 간식으로 먹던 고구마나 밤, 단호박처럼 따뜻한 온기가 더해지면 더 맛있어지는 것도 있다.

단호박은 단단한 몸통을 자르면 역시 단단하고 노란 속살이 드러난다.

가운데 물컹한 속살과 씨앗을 긁어내고 찜통에 김을 씌워 쪄내면 부드럽고 달콤함이 사르르 녹는다.

물론, 뜨거운 것을 감수해야 한다.

어려서는 특유의 단호박 내가 싫어서 잘 먹지 않았고 조금 커서는 직접 손질하는 것이 부담스러워 잘 먹지 않았다.

지난 추석에 동생이 시댁에 다녀오는 길에 잠깐 들러 몇 개를 전해 주었다.

며칠 두었다가 쪄서 아버지께 드렸더니.

"아직 덜 여물었네."

입맛은 여전하시다.

연세도 그렇고 몸도 편찮으셔서 감각이 떨어질 것 같다는 섣부른 추측은 늘 빗나간다.

아직도 여전히 계절이 오고 가는 것을 먼저 아시고 계절에 따른 변화도 알아채신다.

"복숭아가 한 상자에 몇 개 들어 있는지 봐라."

"열 두 개 같은데요."

"아닐 텐데, 보통 열세 개 넣을 거다."

냉장고에 넣으면서 세어 보니 정말 전부 열세 개였다.

오랜 경험에서 나오는 것은 이길 수 없나 보다.

몸이 안 좋으시니 드실 수 있는 것도 제한적이고 예전 것과 요즘 것이 달라 맛도 다르니 많이 드시지는 않는다.

이맘때 먹을거리는 선선해지는 날씨 탓인지 따뜻한 것이 많았었다.

국화빵, 붕어빵, 호떡, 고구마 등.

우리 집에서는 고구마도 껍질 땅콩 하고 같이 삶아 먹었다.

고구마의 단맛에 땅콩의 구수한 맛이 아우러져 새로운, 좋은 맛이 났다.

요즘은 고구마와 삶아도 제대로 못 드셔서 냉장고에 껍질 땅콩이 있는데도 못 해 드린다.

시간이 갈수록 좋은 것보다 그리워지는 것이 많아지면 아마도 나이가 들어가는 증거가 아닐까 싶다.

다시 돌아오지 않는 것을 바라보고만 있는 건 제자리 걸음이라고 할 수도 있지만 다지고 다져 잊지 않기 위한 발버둥이 아닌지.

그리운 것은 그리운 대로.

그렇게 그리워하도록 나의 시간을 붙잡아 본다.

스치듯

선선한 가을바람이 불어올 때면
너의 마음속으로 들어가고 싶어

곱게 물든 단풍잎을 밟으면서
너에게 한 걸음 한 걸음씩 다가가고 싶어

우리 처음 만났던 그때처럼
수줍게

아니면
가을바람이 나를 스치듯이

너도 스치듯 내게 다가와 줬으면 좋겠다.

저 멀리서 떨어진 낙엽을 밟으며
바스락바스락 다가오는 발걸음 소리가
너의 발걸음이었으면 좋겠다.

그렇게

어느 멋진 가을날
너와 내가 스치듯
다시 마주할 수 있기를
바라고 바란다.

온통

나를 감싸는 것이
따스한 가을 햇살이 아닌
내가 기다리고 기다리던
너의 온기였으면 좋겠고

떨어지는 낙엽은
내가 너에게
네가 나에게 보내는
가을 편지였으면 좋겠고

선선하게 불어오는 가을바람 소리는
네가 나를 부르는 너의 목소리였으면 좋겠고

두 손 꼭 잡고 다정하게 가을 풍경을 보며
같이 걸었으면 좋겠고
해 질 녘에는 가을 노을빛이 비치는 카페에 앉아 함
께 바랐으면 좋겠다.

그렇게 다가오는 가을에는
온통 너였으면 좋겠다.

가을이라...

코로나 터지기 직전에
만나고 그 이후로는 한 번도
만날 수가 없어서 그런 건지

아니면 가을이라 그런 건지
모르겠지만....

가을이라는 계절이 점점
더 가까이 다가오는 게 느껴질수록
내 마음은 너를 향한 그리움으로 가득하다.

아니
너를 향한 그리움이 가득하다 못해
가을 단풍잎이 우수수 떨어지듯이
나조차도 어떻게 할 수 없을 만큼 넘치고 넘쳐흐른다.

이번 가을에는 너를 향한 그리움이 아니라 내게는
가을의 향기 같은 너의 온기로 내 마음을 가득 채우
고 싶다.

가을이라 그런지
유난히 미치도록 네가 보고 싶고
사무치도록 네가 그립고 그립다.

가을인사

하늘이 높아지면
나는 저 멀리서
느긋하고 사뿐사뿐
다가오는 중

옷소매가 길어지고
바람이 달콤하면
뽀얗고 붉게
익어가는 중

나와 세상이 물들고
지금 이곳이 그림 같아
마음이 단풍으로 가득 찬다면
가을을 반기는 중

어서 와 가을

바램일기

나의 바램은
당신과 함께하고픈 이 가을을
일 분이라도 일초라도
늦게 지나가길 바라고

내 걸음처럼 천천히
가을이 찾아오길 바라고

이번 가을은
당신과 함께 물들길 바라며

나의 간절함이

당신에게 닿길 바란다.

빨간물감

노란 물감은 꽃으로
봄을 그리다 다 쓰고

파란 물감은 바다로
여름 그리다 다 쓰고

빨간 물감은 어쩌지
하늘도 칠해보고
나무도 칠해보니
가을이구나

어쩔 수 없이

겨울은 칠할 게 없네

가을, 가끔

이 계절이 오고는 하면

가끔은 말이다

고요 속 아우성을 듣고는 한다

가끔은 말이다

낯섦 속 익숙함을 보고는 한다

그리고 가끔,

아주 가끔은 말이다

함께일 수 있었던 우리가 보이기도 한다.

가을이 왔나 보다

당신이 내뱉는 한 송이의 숨결들이
점점 푸르러지는 것을 보아하니

가을이 찾아왔음을 몸소 느낍니다.

마술사

너는, 나의

가을 바람의 쓸쓸함을 선선함으로

가을 새벽의 고독함을 고요함으로

가을 햇살의 따가움을 따스함으로

가을 옷

가을 옷을 꺼낸다

서늘한 옷깃이 피부에 닿자
솜털이 가뿐하게 몸을 털고 일어난다

이맘때의 바람은 내게로 와서
몇몇 장면들을 선명하게 띄운다

꼭 있었던 일처럼

(페인트칠이 벗겨진 창가, 밖은 비가 내렸다.
이 비를 맞으면 독한 감기에 걸릴 것 같았다

라디오에서는 재즈가 흘렀고
나는 오래된 사랑과 마주하고 있었다

우리는 마치 한 시절을 부둥켜 안고
다 헤져버린 것 같았다

너에게서 여전히 익숙한 향기가 났다

낡은 갈잎이 떨어지는 동안
말 몇 마디를 만지작거렸다

오후가 파랗게 저물도록 말을 아껴도 좋았다.)

"사랑이지 못한 우리는 기억이 될 수 있을까"

마음을 켜켜이 개는 가을이면
옷은 조용히 삭는다

늦가을에 닿으면

"날씨가 제법 가을 흉내를 냅니다."

적당한 인사말을 골라 맨 첫 줄에 적었습니다

어떤 것은 너무 멀어져서 쓸 수 없게 되었지만
오래도록 그리운 것은 여전히 사랑스럽습니다

유리창에 비치는 당신이 반가우면서도
맥이 탁 풀리는 마음을 아실까요

창 너머로 어떤 말을 꺼내야

이 감미로운 침묵을 망치지 않으려나

부서지고 다시 세워지는 모래성처럼
가슴이 떨렸습니다

붉게 피어난 마음은 한동안 여기 머무르겠지요
이 자리에 그리움을 새겨 놓습니다

늦가을에 닿으면 당신의 안부를 묻습니다.

라스트 댄스

여름이 지나가고 가을을 맞이할 때 숲은 분주하게 움직입니다. 한마디로 축제가 있다고 할 수 있습니다.

그 증거로 온통 초록색으로 물들던 나뭇잎은 자신이 속한 팀의 옷으로 갈아입습니다. 노란색과 빨간색 등 다양한 색의 나뭇잎들을 보며 가을이 왔다는 것을 체감하게 됩니다.

평소에 고요하고 평온했던 숲은 많은 사람들이 찾아옵니다. 그곳에서 사람들은 자신의 방식대로 축제를 즐기기 시작합니다.

시간이 흘러 선선했던 숲은 점점 찬 기온이 느껴지며 올해 축제의 마지막 순서만을 남겨둔 채 분위기는 고조됩니다.

바람이 불기 시작합니다.

나뭇가지는 바람에 몸을 맡긴 채 춤을 추며 바람에게 화답합니다. 주변 눈치를 보듯 조금씩 움직이던 가지는 격렬하게 움직이며 춤을 춥니다.

나뭇잎도 나뭇가지의 행동을 통해 자신도 춤을 추기 시작합니다.

'라스트 댄스'

그렇게 나뭇잎은 나뭇가지에서 벗어나 빙글빙글 마지막 춤사위를 펼치며 피날레를 장식합니다.

이렇게 올해의 가을 축제는 마무리가 됩니다.

못지킨 약속 못다한 마음

아직 채 오지 않은 내 가을은 연분홍색이었음 했다.

상처받아 빨갛게 물이 들고, 온통 노란 멍투성이면서 낭만이라 속이는 잔인한 가을색이 아닌,

연분홍의 벚꽃이 흩날리고, 또 연분홍의 솜사탕을 쥔 연분홍의 볼을 한 네가 떠오르는 그런 색.

나는 아직 우리의 봄을 꿈꾸고 있다.

땀방울이 볼을 타고 흘러 톡 하고 떨어진다.

때맞춰 내리는 조용한 가을비도 톡톡 떨어지며 여름은 이제 끝이 났음을 알렸고,

분명 우리의 뜨거웠던 여름은 그렇게 끝이 났다.

아무렇지 않게, 유난스럽지 않게.

가을의 슬픔이 유독 짙은 이유는

눈물을 가려줄 만큼의 벚꽃도, 비도, 눈도 내리지 않기 때문이라고.

지독히도 더웠던 탓인지, 우리가 뜨거웠던 탓인지

몇 번의 시원한 가을비가 지나도

나는 아직 뜨거웠던 여름에 머물러있다.

사실은 이미 알고 있다.

여름도, 가을도 아닌 지금 나의 이 계절은 이미 붉고 또 노랗게 물들어 가고 있단 걸.

이 붉게 물든 상처도, 노랗게 든 멍도 모두 추운 겨울은 가려줄 수 있을까.

그런데 내 겨울은 춥기만 했었나?

우리가 함께했던 겨울은 정말 춥기만 했었나?

붉게 물든 상처도, 노랗게 든 멍도 다시 올 따스한 겨울만이 가려줄 수 있겠지.

나는 아직 너와 내가 우리였던 따스한 겨울을 기다린다.

여름을 놓아주고 내게 오지 않은 한 계절을 건너
다시 기억 속 겨울까지 지나면,
기다리던 연분홍 봄이어야 할 계절에
잔인한 가을색이 눈에 비춰 다시 또 외롭고 쓸쓸해져
그제야
아, 가을인가 보다.

그렇게 아직 채 오지 않은 가을을 이제 받아들이려
한다.
그 계절 뒤에
너와 내가 우리였던 연분홍의 봄이, 뜨거웠던 여름
이, 따스했던 겨울이 다시 오기만 한다면
나는 너와 내가 우리가 아닌 이 가을도 사랑해 보려
한다.

이른 가을의 나날

가을이 되면 천 마리 새 떼가 하늘을 수놓습니다

새 떼가 구름을 뜯어먹어 구름은 한 점도 남지 않았습니다

태양은 자신이 뜯어 먹힐까 봐 높은 곳으로 피신합니다

이것이 가을에 하늘이 높아 보이는 이유입니다

새들이 낮에 벌레를 잡아 충분히 배를 채우고 난 걸 확인하면

겁쟁이 태양은 그제야 슬그머니 내려와 노을을 엽니다

나뭇잎들은 주황빛 하늘을 보고 감상에 젖어 몸을 물들이고

강가의 들풀들은 선선한 저녁 바람에 몸을 맡기고 노래를 부릅니다

허리가 휜 군고구마 초승달이 뜨고 빛나는 밤송이 별도 뜨니

이제는 정말 가을이 된 게 실감이 나는군요

요즘은 드물게 보이는 군밤 장수도 가을 향기를 풍기며 왔습니다

오랜만에 사 먹은 군밤에서는 따뜻한 별맛이 나네요.

가을이 왔어요

가을바람

뜨거웠던 여름이 가고
선선한 가을이 오면서
뜨거웠던 우리도
가을바람에 식어버렸어

단풍

시간이 지나며
점점 진하게 물드는 단풍처럼
우리는 점점 서로에게 물들었어

그 계절

그 계절이 왔어요
그대가 내 곁을 떠나간
가 가을이 또다시 왔네요
올해는 괜찮을 줄 알았는데
올해는 잊을 줄 알았는데
그게 맘처럼 쉽지 않네요.

나에게, 가을

나는 가을이 싫다
여름에 지쳐있던 나에게
시원한 바람을 머금고 다가와
이내 차가운 겨울을 안겨주고
떠나는 게

나는 가을이 싫다
알록달록 아름다운 풍경으로
나의 오감을 끌어당겨 놓고
결국 모두 져버리게 놓아두고
간다는 게

나는 가을이 싫다
부드럽게 나를 간지럽히며
오직 오기만을 기다리게 해놓고
사라지는 기척조차 내지 않고
날 내버려 두는 게

나는 가을이 싫다
그래, 네가 싫다

너라는 계절

싱그런 바람이 불어오던 어느 날
너라는 계절이 나에게 스며들었다

수줍게 나를 바라보던 네 두 볼은
마치 단풍잎처럼 붉게 물들었다

우린 마치 춤을 추듯
두 손을 맞잡고 두 발은 맞춰가며

바스락거리는 낙엽을 밟고
함께 이 길을 걷는다

그 계절은 짧았지만
남기고 간 여운은 내 마음에
오래도록 머물렀다

가을비

후드득 떨어지는 가을비를 맞으며
눈물을 쏟아내고 싶은 그런 날

베이고 긁혀버린 날카로운 상처들
매일 밤 괴롭히던 그날의 아픈 기억도
이 비와 함께 씻어내려 갔으면

이윽고 걷혀가는 구름 사이로
맑고 높은 하늘이 보일 때

마음에 가득 차 있던
슬픔은 다 사라지고
따뜻한 무지개로 피어나길

계절을 따라

저녁에는 시원했던 공기가 점점 선선하게 바뀌었고 지나가는 사람들도 조금씩 긴 옷 혹은 겉옷을 입고 주변이나 풍경, 그리고 하늘도 바뀌고 있다는 것을.

짧고 빠르게 지나가는 계절이라 조금 아쉬움이 남는 것 같습니다. 우리들은 이 계절에 느낄 수 있는 것들이 많지 않아 '그리움'이라는 감정을 안고 연락처를 둘러보며 오랜만에 안부를 묻기도 하죠.

초록색을 띠던 나뭇잎들은 조금씩 짙은 색으로 바뀌고 찬란한 느낌보다는 차분한 느낌을 더 안겨주는 것 같습니다. 풍경 색뿐만이 아니라 우리들의 색도 계절을 따라가고 있지 않을까 하는 생각이 듭니다.

바라보고 있는 것

　도로 길가에는 바람을 타고 흔들어 주는 '코스모스'
가 있어 주고
　산책길에는 굴러가는 낙엽들 사이에 벤치가 기다
려 주고 있고
　우리들은 그 위로 걸으며 풍경을 바라보고 바람을
느낍니다.

　한강을 보고 있으면 자전거 혹은 달리는 사람들이
보이는가 하면
　공원을 보고 있으면 벤치에 앉아 대화를 나누고 있
거나 걷고 있고

시계가 여섯 시만 가리키고 있어도 하늘의 색깔은
점점 노을빛으로

물들어 가는 저녁 하늘을 볼 수가 있습니다.

가을이 왔어요

촛불이가 은비에게

은비야, 가을이네.

사계절 중 가장 별이 안 보이는 계절.

가을 하늘 공활한데 높고 구름조차 없는데,

정작 별자리는 겨울에 가장 잘 관측된대. 웃기지 않아?

.

.

제자리에 방향 잃은 나침반처럼 빙빙 돌고 있다.

다들 별을 찾아 탐험하는 중이다.

내가 타고 있는 로켓은 인공위성이 되어 우주를 떠돈다.

나는 지구에 머물고 싶었는데.

같은 행성에서 출발했는데 점점 멀리 나아가는 아이들을 보며,

나에 대한 실망이 커질수록 블랙홀 속으로 깊이 추락한다.

빠져들어 가는 게 누구보다 잘 느껴지고 있기에 그런 내게 증오를 돌린다.

.

.

.

은비야, 오늘 밤은 별이 안 보이네.

별이 저무는 걸 느끼는 이유는 한때 아름답게 빛났었기에 그렇대.

가을의 크리스마스

그거 알아? 겨울에도 별로 춥지 않은 제주도에서는 크리스마스도 가을이래

바다가 점점 뜨거워져 가면 우리도 곧 가을의 크리스마스를 볼 수 있대.

크리스마스가 점점 내게 다가와.

언젠간 겨울이 아니게 된다니 낯설어서 조금 두려워져.

이건 몰랐을걸. 가을에 개명 신청을 하면 크리스마스 즈음에 허가가 나온대.

우리가 믿고 있던 것이 새롭게 바뀌는 것.

크리스마스가 더 빨리 왔었다면 우리는 같이 보낼 수 있었을까.

그래, 그런 것

하늘색 도화지에

뭉게뭉게 피어난 하얀 구름 보는 것,

구름 따라 고개를 올려다보는 것,

올려본 고개가 유독 시원한 것,

아, 가을이 왔구나.

회색 도화지에 주황빛 물감 풀고

해님인지 달님인지 수수께끼 하는 것,

수수께끼 좋아하던 어떤 이의 눈빛이 흐려지는 것,

결국 아무도 대답하지 못하는 것,

그래, 가을이 왔어.

용감한 초록빛, 빛바랜 초록 품다
끝내 무표정으로 자리 내어주는 것,

은색 푸른빛, 찬란하게 일렁이다
짙은 남색 빛 되어 나란히 가라앉는 것,
그러다 물속에 잠겨 우울해지는 것,

그래,
결국 가을이 오고야 말았어.

허수아비와 청춘

가을을 떠올리면 잠자리와 허수아비가 가장 먼저 생각난다. 어릴 적 내가 살던 곳은 아파트보다 주택이 많고, 주택보다는 비닐하우스가 더 많은 논과 밭으로 둘러싸인 시골이었다. 그 시골 동네에선 가을마다 허수아비 축제를 했는데, 나는 그 축제를 따라 별 이유 없이 가을마다 허수아비를 보러 갔다. 지금 생각해 보면 사람보다 잠자리가 많은 조용한 가을날에 질려, 별볼일 없는 시시한 하루를 사람 구경하는 즐거운 날로 만들고 싶었던 듯하다. 허수아비 축제는 넓게 펼쳐진 논 사이에 있는 생태공원에서 열렸고 그곳에선 허수아비 창작 공모전, 미술 대전, 백일장 대회가 진행

됐다. 매년 허수아비를 보러 갔으면서 웃기게도 나는 단 한 번도 그 대회에 참여한 적이 없다. 내가 한 것이라곤 '쟤는 못생긴 애, 쟤는 무서운 애, 쟤는 웃긴 애, 커다란 애, 뚱뚱한 애, 대두, 소두, 대머리!' 등 제작자의 의도에는 완전히 관심을 끈 채 나만의 단순한 기준으로 허수아비를 평가하는 것뿐이었다. 당연히 어떤 허수아비가 공모전 1등을 했는지도 모르고, <작품명:OOO>의 빈칸에 어떤 이름들이 들어갔는지도 모르지만 정확히 기억나는 것이 한 가지 있다. 바로 제각각 다르지만 모두 어딘가 하나씩은 반짝이던 표정과 생김새다. 시간이 지나가는 만큼 나도 시시한 잠자리보다 즐거운 사람이 많은 곳에서 살게 되었고 허수아비 축제에 대한 나의 관심도 자연스럽게 다른 것들에게로 돌려졌다. 그렇게, 이제는 나만의 하루를 만들고 채워가며 제법 바쁜 나날을 보내다가 문득 허수아비와 닮은 노래를 발견했다. 그것은 (내가 사랑하는 가수) 잔나비의 '작전명 청-춘!'이라는 노래다. 그 노래의 가사를 살펴보면 '어릴 적 내겐 큰 꿈이 있었지, 전장을 이끄는 영웅이 되는 꿈 굴복하지 않고 당당하게 맞서 승리의 영광을 누리는 꿈, 어른이 된 오늘 내게 세상이란 곳 어릴 적 그리던 꿈속 전쟁터구나, (생략) 비와 바람 천둥에 소리를 이겨 춤을 추겠네. 불어오는 바람 앞에 불꽃들이여. 우린 모두 타오르는 젊음이기에. 흔들릴 수 있어. 그래 무너질 수 있어. 일어나라 작전명 청춘. 나의 젊은 날.'이라는 가사가 있다. 그래, 내가 이제껏 봐왔던 허수아비들은 그들의 아버지, 어머니(제작자를 말함)의 청춘을 그려낸 것이구나. 그들이 품던 소망이 허수아비로 태어나 전쟁터를 만들고, 그 속에서 그들의 눈, 코, 입은 영웅의 불꽃이여, 그들의 외다리는 타오르는 젊음이여, 바람에 나부끼는 형형색색의 옷자락은 그들의 청춘이며, 곧, 살랑이는 춤이 되었겠구나. 한낱 별일 없이 사람 구경하던 어떤 이의 시시한 하루도 결국은 청춘이었구나. 불어오는 바람 앞에 군세게 서 있던 그 허수아비들은 모두 세상을 살아가는 열띤 청춘이었구나. 그래. 그래서 그렇게 반짝였더구나.

나는, 여전히 가을을
사랑하지 않습니다

겨울을 사랑하는 우리는 참 비슷했지요
그래서 우리는 서로를 사랑했지요
그렇게 우리는 여덟 계절을 사랑했지요

우리는 봄에 만나 여름을 사랑하고
겨울을 지나 다시 온 봄에 이별을 말했지요

가을을 사랑하던 당신은
나도 가을을 사랑하길 바랐지요.

단풍이 예쁘게 물들었다며
우리의 첫가을에
예쁘게 물든 단풍을 꼭 보여주고 싶다고
당신은 내게 말했지요

나는 당신의 그 마음이 참 좋았습니다.
그래서 나도 가을을 사랑하려 했습니다.
하지만 나는, 여전히 가을이 싫습니다.
당신에게 미안합니다.

사랑하면 닮는다고
가을을 사랑하던 당신을 따라
나도 가을을 사랑하고 싶었습니다.
하지만 나는, 여전히 가을이 싫습니다.
나는 당신을 사랑하지 않았나 봅니다.
당신에게 미안합니다.

겨울을 사랑하는 우리는 참 사랑했지요.
그래서 우리는 서로를 약속했지요.

가을이 왔어요

하지만 우리는 이별을 말했지요.

꼭 잡은 두 손에 주름이 펴도 사랑하길 약속했지만
우리는 주름이 피기도 전에 이별을 먼저 말했지요.

약속을 지키지 못해 미안합니다.
당신에게 미안합니다.

나는, 여전히 가을을 사랑하지 않습니다.

가을, 전어와 아버지.

#1
"집어 먹어라."

불그스름한 밤색 밥상 위에 구워서 올려진 전어.
난 어린 시절, 이 생선이 참 싫었다.
여기저기 칠이 벗겨진, 낡아빠진 옛날 밥상 위에
올라간 작은 생선구이. 이따위의 것, 보잘것없는 것,
통통하고 비싼 생선 사 먹을 돈이 없어서 간신히
구색맞춰 올려놓은 쥐알만한 생선.
내겐 그런 의미였다.

엄마가 구워주는 통통한 고등어, 따뜻한 된장찌개,
하얀 식탁에 은색 수저.
그런 걸 원했다 나는.

불행히도 나는 엄마가 없다.
불행인지 다행인지 엄마에 대한 기억조차 없다.
어릴 적부터 내 부모는 아버지 하나였고,
둘이 나눠서 해도 모자랐을 부모의 역할을 혼자서
하려니, 어쩔 수 없는 결핍들이 생겼던 것 같다.

어쩌겠는가,
태어남의 순간부터 많은 것들을 가진 이들이 있는 반면,
많은 것들을 갖지 못한 탄생도 있는 것을.
부정할 수 없는 사실들을 뇌리에 박고,
처절하게 매 순간 인정하며 살아갈 수밖에 없는데.

우리 아버지는 일용직 일을 가끔 하시는 '노가다 꾼'
그리고 '곱추'.
엄마는 시골동네 '다방레지'.

곱추 노가다꾼이 쥐꼬리만한 돈벌어 흥청망청 술과
여색을 밝히며 살았고,
임신한 다방레지는 곱추 김씨가 애아빠라며 낳아놓
은 핏덩이 딸자식을 버리고 갔다는 비극.

동네 아줌마들이 집앞 나무정자에서 쯧쯧거리며 떠
들던 우리집 애기를 정리하자면 이렇다.

여름방학, 방에서 생각없이 뒹굴대던 초등학생에게
담벼락 밑 아줌마들의 애기는 귀에 잘들어왔다. 그리고
모든말을 이해할 수 있었다. 이해하기 쉬운 애기였다.

아버지는 엄마 애기를 단 한번도 해준 적이 없지만,
내가 느끼고 살아온 이 모든 상황에 잘 맞아 떨어졌
기 때문에, 의심할 생각이 들지 않았다.
그래서 이게 사실이냐고 아버지에게 난 묻지 않았다.

#2

아버지는 매일매일 어두운 새벽녘 인력사무실에
나갔지만, 별 기술도 없는 곱추 노가다 꾼에게 일은
자주 주어지지 않았다.

수입은 적었고, 매 순간 그저 아끼며 근근이 살아가는
것, 그것뿐이었다. 간단하게 말해서 우리 집은 가난했다.

아버지는 특이하게도, 나에게 매일 밥을 차리라거나
잡다한 집안일들을 굳이 시키지 않았다.

"친정에서 귀하게 커야,
결혼해서도 귀한 대접 받는 거다."

아버지가 종종 하시던 말씀이다.
그래서인지, 우리 집 요리 담당은 대부분 아버지였다.

아버지와 나는 특별한 일이 없으면 저녁을 같이 먹었다.

아주 어릴 때부터 그랬다.

사춘기 시절엔,
아버지와 밥상 앞에 둘이 앉아있는 시간을 좋아하지
않았다. 그냥 앉아서 먹기만 하면 되는데도 말이다.

반찬이랄 것도 별로 없는 저녁에,
낡은 밥상 하나 놓고 말도 없는 둘이 얼굴을 맞대고
있는 시간이 너무 적막했고 지루했다.
그래서 대충 빨리 먹고, 아버지보다 먼저 일어나곤 했다.

#3

아버지는 가을만 되면 시장통에서 전어를 열댓 마리
사와 냉동실에 얼려놓고는, 저녁에 두 마리씩 꺼내어
구워서 내오시곤 하셨다.

전어, 고소하고 맛있는 생선인데, 그땐 왜 그리 싫었
을까.

당시 전어는 나에게 박탈감을 느끼게 해주는 존재였다.
값이 싼, 작은, 고로 별 가치가 없는.
맛을 느껴보기도 전에 거뭇하게 구워져 누워있는
두 마리의 전어구이를 보고 있으면
마치 나를 보는 것 같았다. 우리 가족을 보는 것 같았다.

엄마의 자리가 비워진, 그리고 가난한.
그런 작고 허술한 가족. 이곳저곳 탄 자국이 있는 전어
들은 아버지의 미흡함과, 무능력함을 대변해 주는 듯
했고, 나의 콤플렉스들을 눈앞에서 보여주는 듯했다.

그래서 싫었다.

#4

19살, 가을.

수능 준비로 열을 올리던 나는 온갖 이유로 예민해져 아버지에게 해선 안 될 말들을 한 적이 있었다. 못된 딸의 입은 일부러 아버지의 가장 깊은 약점들을 건드렸다.

'왜 우리는 가난하냐, 아빠가 무능력해서 그런 거 아니야.'

'상 좀 바꿔라, 우리가 거지야?'

'왜 가을만 되면 저 맛대가리 없는 생선을 굽는거야.'

'비린내 나서 나 공부 못하면 책임질 거야?'

'아빠가 정말 창피하다.'

이런 비수의 말들을 꽂아댔다.

아버지는 상 앞에 앉아서 가만히 듣고 계셨다.

울고불고 악담이란 악담은 다 쏟아낸 딸이 조금 진정하자, 아버지는 식사를 멈추시고 방에 들어가셨다.

그 이후로 아버지는 새벽에 나가 늦은 밤에 들어오셨고,
집에서는 잠만 주무셨기 때문에, 나와는 마주칠 일도,
마주 앉아 저녁을 먹을 일도,
이야기할 시간도 거의 없어졌다.

가끔 새벽까지 깨어있을 때 들어오는 아버지에게 다
녀오셨냐고 잠긴 목소리로 건네는 인사가 전부였다.

다행히도 그해 수능은 성공적으로 마무리가 되었고,
나는 2지망 대학교에 붙게 되었다.
아버지에게 소식을 전하자,
아버지는 옅은 미소로 "잘해봐라." 하고 말해주시며
동네 빵집에서 사 온 생크림 케이크를
상 위에 꺼내놓으셨다.

거의 반년 만에 아버지와 낡은 상 앞에 앉아서,
그것도 웃으며 이야기를 한 날이었다.
케이크는 하얗고, 크고, 맛있었다.

하지만 아버지는 내가 대학에 들어가고 나서도,
새벽에 나가 밤늦게 들어오길 반복하셨다.

그리고 21살 봄,
아버지는 건설 현장에서 추락하는 사고로 돌아가셨다.
내 하나뿐인, 아버지, 요리사, 가장,
그리고 내 모든 결점을 묵묵히 안고 살아주었던 사람.
내 엄마이자 아빠.

그렇게 내 시야 속에서 사라져 버린 우리 아버지였다.

아버지는 19살 수험생 딸의 모진 말을 그대로 귀에
담아듣고는, 화를 내기는커녕,
내가 너에게 한 것이 얼만데라고 반박하기는커녕,
본인의 모자람을 질책했나 보다.
아버지가 새벽에 나가 밤에 들어온 것은 모두
돈을 벌기 위함이었고,
곱추 김 씨에게 일용직일은 충분치 않았기 때문에,
투잡, 쓰리잡을 하며 돈을 벌었단다.

이 이야기는 장례식을 치르던 중,
아버지의 현장 동료였던 박 씨 아저씨가 해준 말이다.

옛말에 생각 없이 던진 돌에 개구리는 맞아 죽는다고
했던가. 딸은 돌을 던졌고, 아버지는 맞았다.

장례가 끝난 뒤에 아버지의 유품을 정리하던 중,
성치 않은 몸을 끌고 하루 종일 번 돈을 고이고이
모아두었던 통장들을 발견했다.
포스트잇에는 각 통장별 비밀번호가 적혀있었고,
옆에 놓인 농협 종이봉투엔,
인감도장이 하나 들어있었다.

때 묻은 포스트잇과 손때가 탄 종이통장들을 품에 쥐
고 얼마나 울었는지 지금의 나는 정확히 기억하지 못
한다. 원래 사람은 너무나 큰 아픔은 잊는다고 했다.
망각, 아마도 그건 축복일 것이다.

#5

어느덧 20대 후반이 된 지금.

전어는 나에게 부모의 품을 느끼게 해주는 존재이다.

값도 싸고, 작지만 고소하고 맛있는.

그리고 아버지가 구워주었던, 아주 가치 있는 생선.

비워진 엄마의 자리를 채우려 노력했던

나의 작은 아버지.

이곳저곳 탄 자국이 있던 전어들은

아버지의 노력과, 성실함을 대변해 주는 것이었고,

어린 딸은 미처 알아차리지 못했던 것이었다.

기억 속에, 추억 속에, 항상 새겨둘 한사람.

내 하나뿐인, 아버지, 요리사, 가장, 그리고 내 모든 결점을 묵묵히 안고 살아주었던 사람.

내 엄마이자 아빠.

매년 가을엔 전어와 아버지, 그리고 내가 함께한다.

여름과 겨울 사이

서서히 지는 꽃들과 떨어지는 갈잎이
바람을 만나 손잡고 춤추는 계절

짧아지는 태양 대신 길어지는 밤에
눅눅한 마음을 종이에 적어 말리는 새벽

따뜻한 볕에 팔을 내어주는 낮이 가고
떠오른 달빛을 머금어 속삭이는 야상곡

무더운 여름이 가고 잠깐 스쳐 지나가는
다가오는 추위에 작별을 준비하는 생명

건조하나 더없이 다정한 이 계절 속에서

그리움 덮을 눈꽃이 오길 기다리는 시간

가을날

불같고 축축했던 하루는 간데없고

새벽 한기에 서둘러 사그락거리는 이불자락을 어깨

끝까지 올려본다

잠결에 샛눈 사이로 보이는 창밖에 하늘은 짙푸름이

끝이 없다

시작된다기보다는 마무리져가듯 모든 게 어울리는

날들이 지나간다

코안이 조이는듯한 마르고 선선한 바람 냄새를

맡으며 나선 모처럼의 산책길에

가을바람에 떠밀려 가는

구름의 땅 그림자가 바쁘게 저만치 앞서간다

시간은 항상 같은 박자로 지나가는데 유독 가을 시간
만 짧은 박자를 타는 것은 왜일까?

이렇게 서너 밤인 듯 짧은 시간이 지나면 겨울 그림
자가 으스스하게 문턱을 넘을 테지...

가을이 왔어요

어서오세요

구름의 움직임이 보일 만큼
센 바람은 맞고만 있어도 좋다.

선풍기가 들어가고 바람이 오는 날이면
어김없이 가을이다.

엄마의
가을이 익어간다:빈자리

기억하시나요?

당신이 있던 자리

설익은 새벽

새벽이슬을 배웅하며

내 집, 옆집, 앞마당까지 오가던 빗자루 길

기억하고 계신가요?

당신이 머물던 자리

무르익은 들판
해님 손 마주 잡고
불편한 몸 모자랄까 분주하던 고랑 길

보이시나요?
당신이 놓고 간 자리

못다 핀 들꽃의 미안함이 흔들리듯
돌려드릴 아빠를 잃어버린 두 아이
사랑이 목마른 성장 길

보고 계신가요?
당신이 남기고 간 자리

맺힌 사랑만 빈 메아리로 울릴 뿐
의지할 것 없는 젊은 미망인
웃음이 배고픈 인생길

당신이 머물렀던 자리마다
고된 하루살이 가지가 무성합니다.

당신이 남기고 간 자리에
살지 못한 설움이 주렁주렁 달렸습니다.

미안함 하나
보고픔 두울
그리움 세엣
고단함 네엣
쓸쓸함 다섯

상실의 빈 마당 위에
엄마의 가을이 익어 갑니다.

엄마의
가을이 익어간다:신비의 계절

신비의 계절이 돌아왔다.

어둠을 가르며
새벽을 뒤흔드는 엄마의 수고가 서린 들판.

씨 뿌린 적 없는 잡초
돌보지 않은 이름 모를 들풀까지
열매와 함께 엄마의 논밭을 장식한다.

밤잠을 설치며 추수할 날만 고대했건만
한 해는 비바람 갈라진 태풍이 곡식을 삼키고

한 해는 뙤약볕 내려앉은 가뭄이 열매를 짓이겼고
한 해는 약 없는 긴 세월 녹아내린 건강에 떠내려갔다

힘과 노력이면
안 될 것이 없을 것처럼 호기롭게 씨를 뿌렸지만
닿지 않는 자연의 섭리가 엄마의 걸음을 멈춘다.

가을..
추고마비..
아주 좋은 가을 날씨를 일컫지만
엄마의 시간표에 맞춰지지 않는다.

가을..
천고마비..
말이 살찌는 계절일만큼 풍성한 계절이지만
엄마의 곳간이 풍요롭지는 못하다.

가을..
고진감래..

씨 뿌리는 쓴맛이 다하면 즐거움이 올 것 같지만
열매의 기쁨이 엄마에게 보장되지는 않는다.

엄마의 가을이 익어가는 계절이 신비롭다.

매일 좋은 날씨가 아니어도
창조 질서를 배우며 인생을 맞춰간다.

소산의 복은 크지 않더라도
영혼의 때를 준비하는 오늘이 풍요롭다.

도대체 언제쯤일까 막막해도
나누어 줄 것 있는 인생의 감사로 즐겁다.

나는
엄마의 가을이 익어가는 오늘
인생의 신비로운 계절을 살아간다.

엄마의
가을이 익어간다:인생 곳간

엄마의 가을이 익어간다.

엄마의 인생 곳간에는
어떤 곡식 단이 쌓여 있을까?

스무 살 갓 넘어 나를 낳은 우리 엄마.
내가 먼저 생겨 결혼식도 제때 못하고
동생까지 낳고 난 후에야 웨딩드레스를 입으셨다.

우리 부모님 결혼식 사진 속에
나와 남동생이 들어가 있었다.

이젠 조금씩 희미해져 가지만
우리 아빠 엄마 결혼식 직후
가족·친지 사진 찍는 시간
웅성거리던 어느 장면 한 컷이
제법 또렷하게 기억난다.

6남매 중 셋째 딸로 태어난 우리 엄마.
어린 나이에 일찍 취업하고 서울 직장 생활하다가
리 단위, 깡시골 출신 아빠를 만나셨다.

우리 아빠..
큰이모 하는 말을 들어보면,

웬 남자를 따라갔대서
물어물어 내려와 봤더니
세상천지 허허벌판, 전부 다 농사짓고
집은 또 다 허물어진 그 옛날 흙집에
모아 놓은 재산, 모으는 재산도 하나 없는
그야말로 가난한 시골 농사꾼 아들,

아직 학생인 막내까지 시동생이 줄줄이 셋..

우리 엄마....
큰이모 생생한 증언,

"미쳤나..."
"이게 정신이 나가도 단단히 나갔네"

머리채를 잡아끌어 데리고 올라가셨단다.

데려다 놓았더니
또 내려가고
다시 데리고 올라갔더니
또 따라 내려갔다는 우리 엄마..
그렇게
가정이란 인생 곳간을 짓기 시작했다.

엄마의 인생 곳간 재료는 부실했다.

술꾼 남편의 교통사고, 5년 남짓 병원 생활..

시어머니의 고된 시집살이,

부당하게 차별받는 설움,

갓난쟁이 딸,

없는 형편..

그야말로 부실 종합 세트..

어린 내가 보기엔

부족할 뿐만 아니라

지켜내기엔 터무니없던 재료들이다.

해마다 찾아오는 5월 어버이날이면

엄마에게 써드린 감사 편지에

내가 빠지지 않고 썼던 내용이 있다.

"엄마, 엄마로 살아주셔서 감사해요"

"엄마, 엄마의 자리를 지켜주셔서 감사해요"

어쩌면 그 한마디가
엄마의 인생 곳간을
짓고, 지키고, 살게 하지 않았을까?

그 어린 날로부터
수십 년이 지나는 동안
엄마의 곳간 재료들이 충분했을까? 생각해 본다.

시집살이는 여전했고,
아흔을 넘은 시어머니와 오늘까지 함께 살고 계신다.

술쟁이 남편은 다행히 술을 끊으셨지만
교통사고 이후 왼쪽 팔·다리가 불편한 장애인으로
사셨다.

남편의 인생을 참 많이 닮은 아들은
학생 시절의 뜻밖의 교통사고로 뇌전증이란 후유증
을 안고 살아간다.

오랜 음주의 결론인 간경화.. 합병증으로 비장 수술대
에 올랐던 아빠는 집으로 돌아오지 못하셨다.

엄마의 곳간 재료들 중
몸 약하긴 했어도 그나마 멀쩡했던 딸... 나는..
초기·중기를 넘나드는 몇 번의 유산,
두 아들을 품에 안기까지의 출산 스토리로
엄마의 가슴을 수없이 쓸어내렸다.

마흔의 젊은 미망인..
홀시어머니를 모시는 과부 며느리..

한없이 부족하고
턱없이 모자랐던 재료들뿐이었다.

무엇이 엄마를 살게 했을까?
무엇으로 엄마는 인생 곳간을 지켜오셨을까?

남동생과 나..
자식.. 이 엄마를 살게 했다.

아무리 재료가 부실해도
내 자식은 나보다 더 풍성한 인생을 살게 하고 싶은
엄마..라는 자리가 엄마의 인생 곳간을 지켜왔다.

결코 넉넉할 수 없는 재료들뿐이었지만,
오늘까지 엄마의 인생 곳간은 잘 지어졌다.

엄마의 때
아내의 때
며느리의 때
잘 살아냈으니까.......
　﹅
　﹅
　﹅

추적추적..
비 내리는 날,

'우리 엄마 인생 곳간, 잘 지어진 걸까?'
'엄마는, 엄마의 인생 곳간을 기쁘게 보고 계실까?'

슬그머니,
엄마의 인생 곳간이 궁금해진다.

할머니에 대한 추억 1

얼마 전 한 후배의 할머니께서 돌아가셨다는 소식을 들었습니다.

경조사 중 챙기기 다소 애매한 것이 조부모상입니다.

부의를 해야 할지 말아야 할지 친분에 따라 다르긴 하지만 챙기지 않는 경우도 있습니다.

그렇게 고민 아닌 고민을 하고 있는데 회사 부장님이 꽤 큰 액수의 부의를 그 후배에게 전달했습니다.

후배가 깜짝 놀라며,

"이렇게까지 챙겨주지 않으셔도 되는데."

라고 말했습니다.

부장님이,

"가까운 사이인데 뭘. 잘 모시고 와."

라고 말씀을 하셨지요.

그걸 보고 저도 돌아가신 할머니가 생각나서, 후배에게 부의를 전달했습니다.

"챙겨주셔서 고맙습니다."

하는 후배의 슬픈 눈을 보니, 부의를 전하길 잘했다는 생각이 들었습니다.

돈, 돈, 돈. 악착같이 벌고 모아야 한다는 이 돈 세상에서 팍팍하게 살다 보니 저도 많이 팍팍해진 것 같습니다.

그리고, 한편으로 돌아가신 할머니가 생각났습니다.

가을의 초입인 이 맘 때였습니다.

대학 시절, 2학기가 시작한 지 얼마 안 되었을 때 할머니께서 지병으로 돌아가셨습니다.

당뇨 등 여러 병으로 몸이 안 좋긴 하셨는데, 80이 넘으시고는 병세가 악화되셨고, 몇 년이 지나서는 거동도 많이 불편하셨지요.

할머니를 모신 장례식장에서 정말 많이 울었습니다.

할아버지는 제가 초등학교 시절 돌아가셨는데, 배를 타셔서 자주 뵙지 못했습니다. 한 번씩 집에 오셔서 빨간 지갑에서 돈을 꺼내서 저에게 용돈을 주셨던 기억이 남아 있습니다. 할아버지는 그렇게 추억이 많이 없어서 그런지, 어려서 뭘 몰라서 그랬는지 돌아가실 때 눈물이 많이 나진 않았지요.

그런데, 할머니를 보내 드릴 때는 달랐습니다.

가난한 집안 사정 때문에, 아버지도 일을 하시고, 어머니도 식당이나 학교 급식소 같은 곳에서 일을 하셔야 했기 때문에, 저와 동생은 할머니 손에 컸습니다.

학교를 마치고 돌아오면 가장 먼저 맞아주시는 분이 할머니셨지요.

"어서 와라. 고생했다. 가방 풀고 한숨 돌리고 좀 쉬

어라. 씻고 밥 먹자."

손자를 챙겨주시는 할머니는 가장 편하고 친근한 분이셨습니다.

어렸을 땐 밥 먹고 놀다 보면 금방 배가 꺼졌지요. 그러면 동네 분식집에서 고구마튀김을 사 먹도록 용돈을 챙겨주셨던 분도 할머니셨고, 라면을 끓여주셨던 분도 할머니셨습니다.

할머니는 단아하고 고운 분이셨습니다.

부잣집 딸들 중 한 명으로 부족함 없이 크셨다고 합니다. 동네에서 그래도 잘 사는 축이셨던 할아버지와 결혼하셔서 여섯 남매를 낳으시고 유복하게 잘 사셨습니다. 그 여섯 남매 중 큰아들이 제 아버지시죠.

그런데, 안타깝게도 할아버지가 큰할아버지의 빚보증을 잘못 서주면서 가세가 기울기 시작했습니다. 빚보증이란 게 돈을 직접 드리는 것도 아니고, 빚을 못 갚으면 대신 갚는 것이라서, 큰할아버지가 빚을 잘 갚으면 아무 문제가 없었습니다. 할아버지는 가족이자 자신의 형인 큰할아버지를 믿고 빚보증을 서 드렸지만, 결과적으로 그 결정은 우리 가족을 가난의 늪으로 빠뜨리고 말았습니다.

빚보증 잘못 서줘서 크게 곤란을 겪었던 분들은 이런 말씀을 하십니다.

"빚보증 서줄 바에야 차라리 못 받아도 될 만큼의 돈을 빌려줘라."

처음엔 이해하지 못했습니다. 돈 빌려줬다가 떼이면 어쩌려고. 보증이야 당장 돈 나가는 것도 아니고, 문제 안 생기면 그냥 털고 나오면 되는 건데, 왜 차라리 돈을 빌려주는 게 나은 거라고 할까?

하지만, 막상 당해보니 알게 되었습니다. 돈을 빌려줬다가 떼이면 그걸로 끝인데, 빚보증은 이자와 연체 이자까지 물어야 해서, 사채와 같이 그 이자가 높은 경우엔 빚이 일파만파 불어나서 자칫 잘못하면 원금의 몇 배 이상이 되기도 합니다. 이자 제한이 없었거나 무용지물일 때에는 그 부담이 어마어마합니다. 빚 독

촉과 막내 삼촌의 대학 학업 포기를 보면서 빚보증의 무서움을 피부로 느꼈습니다. 20대의 어린 나이에 대학 학업을 포기하고 엉엉 울던 막내 삼촌의 안쓰러운 모습을 보며 빚과 보증의 무서움에 대해 알았고, 돈이라는 것에 대해 일찍 깨닫고 스스로 벌고 바보 같은 짓을 하면 안 된다는 것을 알게 되었습니다.

빚쟁이분들이 집에 종종 오시곤 했는데, 응대는 보통 집에 계신 할머니가 하셨습니다. 본인이 돈을 빌린 것도 아니고, 할아버지가 돈을 빌린 것이 아니라, 빚보증을 잘못 서서 빚 독촉을 당해야 하니, 할머니 입장에선 얼마나 억울하셨겠습니까.

잘 살던 집에서 모자람 없이 자랐고 결혼도 잘해서 순탄하게 살아온 할머니 입장에선 참 힘든 나날이었을 겁니다. 빚쟁이 아주머니가 돌아가신 후 말수가 줄어들고 많이 힘들어하셨던 할머니의 모습이 기억납니다. 그럴 땐 배고파도 간식거리 챙겨달라는 말씀도 드리지 못했지요.

할머니에 대한 추억 2

스트레스는 만병의 근원이라고 했던가요?

할머니께서는 당뇨에 걸리셨고, 나중에는 당뇨 합병증까지 오셔서 고생을 참 많이 하셨습니다.

당시엔 보험을 잘 들어 놓던 시절도 아니고, 가난했으니, 보험도 당연히 잘 못 들어놓고 병원 치료비 부담이 많으셨습니다. 그래서, 아픈 몸을 이끌고 버스비라도 아끼자고 걸어서 멀리 있는 병원에 다녀오시곤 하셨습니다. 할머니의 잘못도 아니고, 할아버지의 잘못 (어쩌면 그것도 아니고 큰할아버지의 잘못이라고 해야 맞겠지요) 이셨는데, 고통은 할머니께서 받으셔야 했습니다.

할아버지는 빚보증이 불거지고 고혈압이 생기시고 나중엔 악화되어 환갑이 얼마 지나지 않아 돌아가셔서 할머니께서 감내하셔야 할 부분이 많으셨습니다. 빚보증 문제만 아니었다면 할아버지도 더 오래 사셨을 거고, 할머니도 유복하게 큰 걱정 없이, 많이 아프지 않고 잘 사셨을 텐데. 안타깝기도 하고, 어렸을 때 이 사실을 알고는 큰할아버지도, 바보 같이 얼마 빌려주고 말았어야 했을 할아버지를 원망하기도 했지만, 지난 일은 어쩔 수 없고 그 경험으로 저는 돈에 대해서는 무척 철저한 사람이 되었습니다. 대출을 매우 경계해서 살 집을 마련해야 하는 등 꼭 필요할 때 어쩔 수 없을 때만 1금융권에서 적정 이자로 빌려서 최단기간 내에 갚도록 경제적 훈련이 되었습니다. 안타깝지만 인생의 쓰라린 경험이 그렇게 큰 교훈이 되고, 다시는 저런 바보 같은 짓을 하면 안 된다는 굳은 마음을 지키고 실천하며 살고 있습니다.

병원을 다녀오시면 기진맥진하셔서는 가뜩이나 빚 갚느라 고생인데, 치료비까지 부담해야 하는 아버지에게 미안하셨는지, 힘들다는 말도 못 하시고 운동하고 왔다고 말씀을 하시곤 했습니다.

  그렇게 고생하신 할머니는 가족들이 고생하며 돈을 벌고 빚을 갚으면서 조금씩 좋아지시긴 했습니다. 셋째 삼촌은 고등학교를 졸업하시고 대학 진학은 당연히 포기하시고 바로 취직하셔서 돈을 버셨습니다. 아무것도 없는 상태에서 일을 배우며 밑바닥부터 시작해서 한 회사에서 계속 주말이고 휴일이고 없이 성실하게 일하셨고, 지금은 그 회사의 사장이 되셨습니다. 지방의 작은 회사지만 대단하신 것 같다는 생각을 하곤 합니다. 넷째 삼촌은 대학에 진학해서 가계의 조금이라도 도움이 되시려고 ROTC에 들어가고 아르바이트하며 돈을 버셨습니다. 군 생활하며 번 돈까지 빚 갚는 데 큰 도움이 되었지요. 막내 삼촌은 대학을 중퇴한 뒤, 바로 공장에 취직해서 성실하게 지금도 그 공장에서 생산직으로 3교대로 일하고 계십니다. 지금은 짬밥이 많이 쌓이셔서 그쪽에선 고참 대우를 받고 계시지요.

사실 저도 집안 사정 때문에 꿈꾸던 고고학자가 되기 위해 역사학과에 진학하지 못하고, 문과에서 점수에 맞춰 유망하다는 학과로 진학했을 정도로, 가난의 여파는 계속 이어졌습니다. 다행히 장학금도 받고 해서 중퇴와 같은 큰 문제는 없었지만, 여느 사람들과 비슷하게 재학 중 휴학을 하고 간 군대를 제대하고 바로 복학하지 않고 낮에는 마트에서 일을 하고, 밤에는 과외를 해서 돈을 벌어야 했을 정도였지요. 등록금 문제도 있었지만, 남은 대학 생활 동안의 책값과 생활비도 다 마련해서, 부모님의 부담을 덜어드리자는 생각이 컸습니다.

　다행히 저까지 휴학하고 돈을 벌 정도로 온 가족이 많은 것을 포기하고 돈을 벌어서 빚을 모두 청산할 수 있었습니다. 대출 잔고가 얼마 남아 있는지 저는 알 수 없었지만, 아버지가 아주 오랜만에 온 가족이 외식하자고 하시고, 거나하게 취하시며 마음 편한 표정을 지으시는 걸 보고 알 수 있었습니다. 가족끼리는 그렇게 때로 말이 필요 없을 때도 있습니다. 할머니도 이제 빚쟁이들에게 더 이상 시달리지 않으셔도 되고, 자식들 눈치를 그나마 덜 봐도 되어서인지 한결 얼굴이 편해 보이셨습니다.

하루는 저도 기분이 좋아서 과외비를 받고 나서 할머니께 용돈을 두둑이 드렸습니다. 빚은 청산했지만, 몸 아픈 것은 그대로이신지라 치료비 부담이 크셔서인지 제가 드린 용돈을 받고 놀라시면서도 활짝 웃으셨습니다. 내친김에 할머니와 식사도 하고 근처 공원에 가서 산책도 하며 바람도 쐬었지요. 그날이 가장 기억에 남습니다.

할머니는 그때 자신의 어린 시절 언니와 동생들과 뛰어놀던 어린 시절부터 일제시대와 해방 후 혼란기의 젊은 시절 그리고 할아버지와 만나서 결혼하며 아이를 여럿 낳으며 살았던 시간에 대해 쭉 말씀하셨습니다. 할아버지가 배 기관사를 하시며 안정적으로 돈을 벌어서 크게 부족함이 없던 때 그리고 빚보증과 그걸 갚기 위해 온 가족이 고통받고 노력해야 했던 때에 대해 허심탄회하게 저에게 모든 것을 말씀하셨지요. 빚을 다 갚아서 마음이 한결 편해지시기도 하셨고 저도 성인이 되어, 이렇게 돈을 벌어 용돈도 드리고 자립할 수 있는 것이 기특해 보여서 그리 모든 것을 다 말씀하신 것 같습니다. 어쩌면 제가 복학을 하고 나면 학교 졸업과 진로 결정, 어쩌면 취직까지 하게 되면 저와 이런 시간이 앞으로 없을지도 몰라서 그렇게 다 말씀하신 지도 모르겠습니다.

그리고 저는 복학을 했고, 할머니를 명절 정도에나 뵈었습니다. 복학하고 나니 졸업 후 진로에 관해 결정해야 했고, 당장 졸업 학점을 채우고 공부하느라 정신이 없었습니다. 거기다 이미 과외로 돈맛을 봐서 학교에 다니며 과외도 병행했기 때문에 더 시간이 없었지요.

그러다 졸업을 앞두고 취업을 하기로 결정하고 준비하고 알아보려 여기저기 다니던 와중에, 할머니 건강이 악화되어 돌아가실 수도 있겠다는 어머니의 전화를 받았습니다. 만사를 제쳐두고 할머니를 뵈러 갔지요. 지병이 있으셨지만 비교적 건강하셨던 할머니는 안 본 새에 나이가 들어감에 따라 더 많이 늙으셨고 말라 보이셨습니다. 오랜만에 본 손주에게 공부하고 취직 준비하느라 바쁠 텐데 왜 왔냐고 걱정은 잊지 않으셨지요. 할머니 취직하고 맛있는 것 많이 사드릴 테니까 건강하시라고 하고 돌아왔습니다.

안타깝지만 그러고 몇 달 후 할머니는 돌아가셨습니다. 연명하려고 여러 병원을 돌아다니며 검사에, 검사를 받다가 더 이상 검사 받지 못하겠다고 하시더니 얼마 후 돌아가셨지요. 할머니는 팔순이 넘어서 돌아가셔서 다른 분들은 호상이라고들 하시지만, 어린 시절부터 정이 들었던 저는 무척이나 슬퍼서 다 큰 나이에도 많이 울었던 기억이 납니다.

초상을 치르고 할아버지의 산소가 있는 곳에 묻어드리고 오면서 사람의 생로병사에 대해 많은 생각을 했습니다. 또한, 희로애락이라는 것을 할머니의 인생을 보며 느꼈지요. 할머니는 저를 키워주시기도 했지만,

동시에 삶에 대해 알 수 있게 해주신 분이셨습니다.

그리고 몇 년 후엔 할머니의 언니인 큰할머니도 돌아가셨습니다. 어린 시절 명절 때면 잘 사시던 큰 할머니 댁에도 꼭 가곤 했는데, 큰할머니는 저희 할머니와 외모와 성격이 참 많이 닮은 분이셨습니다. 큰 할머니 댁도 아들들이 사업을 잘못해서 집이 넉넉하지 못했는데, 큰할머니가 돌아가실 때는 제가 회사도 다니고 경제적으로 여유도 어느 정도 챙긴 때여서 되려 제가 병원비 등을 챙겨드리기도 했습니다.

할머니가 계시지 않았을 때, 할머니와 닮은 분이라 뵈면 옛날 기억도 나고 그래서 할머니를 뵙는 기분이 느껴지곤 했는데 큰할머니가 돌아가실 때도 무척 아쉬웠고, 할머니를 기억하며 또한 울었던 기억이 납니다.

추워지는 이 가을 할머니와 마지막 산책을 했던 일이 날이 기억납니다.

그곳에선 아프지 않으시고 편하게 살고 계시겠죠.

보고 싶습니다.

제 여름과 가을사이

동네 골목을 걸어서 공원으로 갔다. 어제 오후에는 소나기를 몰고 오는 듯한 바람이 시원하게 불어와서 마음이 다 날아갈 것 같았다. "대박~너무 시원해."하는 감탄이 저절로 나올 수밖에 없는 기분 좋은 바람. 오늘은 바람이 간간이 불어오나 여전히 여름 햇살이 뜨거웠다. 여름은 무엇이 그리 아쉬워서 우리 곁에 계속 머무르려 하는가.

동네에는 몇십 년은 된 것 같은 오래된 주택들이 있다. 낡고 칠이 벗겨지고 바랜 벽, 녹이 슨 철제 다리, 창문이라기엔 너무도 작은 구멍 같은 창이 있는 옛날

집들이 나타난다. 새 건물이 주는 신선함도 있지만 오래된 집은 그곳에 살아온 사람처럼 말을 걸어온다. 동네 주택의 돌로 만든 베란다를 보고 문득 한 장면이 생각났다. 어린 시절에 그 비슷하게 생긴 베란다에 앉아서 다리를 까닥거리면서 노을이 내려앉는 걸 보았다. 마음이 주홍빛 석양에 온통 물들었던 기억.

그 베란다 밑에는 진돗개의 사촌쯤 되는 누렁이가 한 마리 묶여 있었다. 그 당시에는 반려견이라는 인식보다는 개를 집을 지키는 가축 정도로 여겼다. 열 살 무렵이었을까 그 누렁이를 무서워해서 몇 미터 위에 베란다에 앉아서 고구마를 먹으며 껍질을 던져주거나 할 뿐 가까이 가지는 않았다. 착하게도 넙죽넙죽 받아먹는 게 재미있어서. 끼니때가 되면 사료를 주는 게 아니고 집에서 먹던 국에 밥을 말아서 양은그릇에 주고 어슬렁거리며 다가오는 개를 보면 소리를 지르며 도망 오곤 했다. 그 개는 이사 오기 전에 아버지의 개소주로 만들었다고 하여 어린 마음에도 충격을 받았던 기억이 아슴푸레 난다. 집에서 키우던 개를 드신

아버지라니.

공원에는 풀벌레 소리가 요란하나 그 소란함도 점점 잦아드는 것 같다. 여름이 서서히 물러가고 가을이 오는 시점이다. 맹렬하던 여름도 가을에 자리를 내주어야 한다. 인간도 때가 되면 자리를 내주고 후배가 그 자리를 채우도록 물러가야 하는 것처럼. 미련 없이 돌아서는 자의 뒷모습이 아름답다고 했던가. 지난한 여름이 우리 곁을 떠나가고 있다. 여름을 벗고 떨쳐 일어나 새로운 계절을 맞이해야 하는 때.

서울 숲은 매우 푸르렀다. 이 서울 숲이 처음 생겼을 무렵에는 앙상한 어린나무 몇 그루만 있었는데 지금은 온갖 키 큰 나무가 무성하였다. 시간은 무심하게 흐르고 인간도 자연도 세월을 따라 계속 변해간다. 은행나무 숲에서 매미의 허물들이 다닥다닥 붙어 있는 걸 발견했다. '아쉽지만, 매미야~ 너도 내년을 기약해야겠다. 너의 자손들이 네 자리를 대신할 테니 뒤돌아보지 말고 네 길을 가렴.' 매미도 한철이라고 이제 이 세상을 떠날 때가 왔다. 마지막까지 혼신을 다해 울어대는 매미가 인간처럼 느껴져서 애틋하다.

자~여름이 가고 있으니 순순히 안녕. 이 여름은 몇 십 년 후에 어떤 순간으로 기억이 될까? 풀벌레 소리와 평온이 가득했던 시절.

가을이 오려나 보다. 더위 때문에 새벽에 잠에서 깨지 않고 아침에 가뿐하게 눈을 뜨게 되었다. 온몸으로 상쾌한 가을 공기가 느껴진다. 뜨거운 물에 샤워를 하는 시간이 길어진다. 따듯함을 온 몸으로 맞이하고 싶다. 아~ 드디어 서서히 물러가는 맹렬한 여름. 모든 일에는 끝이 있다더니 사계절이 지나가는 걸 보면서 그 진리를 다시 되새긴다.

발걸음도 가볍게 아침 산책을 나섰다. 간밤에 내린 비로 하늘이 더 말갛게 선명한 파란색으로 씻겨있었다. 카메라 렌즈에 비치는 하늘빛은 실제보다 더 푸르다. 카메라는 인간보다 세상을 더 아름답게 보고 있는

가? 그 렌즈를 통해서 인간도 세상을 더 긍정적으로 보라는 것일까?

들꽃들이 피어있는 공간을 둘러보았다. 이름도 생소한 외국 꽃들이 있었다. 이름표가 있어서 가만히 불러볼 수 있었으니 우리도 서로의 이름을 불러주어야 하리.

아침 산책과 운동을 하는 사람들은 꽤 있었다. 무리를 지어서 산책하면서 밤나무의 밤이 열렸다고 떠들썩하게 대화를 나누는 사람들, 배드민턴을 치면서 웃고 떠드는 사람들. 딱히 그 무리 속에 끼어들고 싶지는 않으나 멀리서 보아도 허물없이 담소를 나누는 모습이 상당히 즐거워 보인다.

어제 갔었던 남미문화 박물은 기대했던 것보다도 더 볼거리가 많고 건물뿐만 아니라 전시물들이 훌륭했다. 남미의 한 귀퉁이를 그대로 옮겨온 듯한 건물과 성당과 공예품들이 가득한 곳이었다. 이 많은 공예품을 그 먼바다를 건너서 옮겨온 집념과 의지가 대단하다고 여겨졌다.

　동부간선도로를 선택한 덕분에 의정부를 지나 양주를 거쳐 고양시의 구석진 도시까지 가는 길이 굽이굽이 힘들기는 하였으나 눈앞에 갑자기 비행기로도 이십 시간은 가야 할 남미가 펼쳐졌다. 한 번쯤은 둘러볼 장소인 것 같다.

　살아가다 보면 잘못된 길로 들어설 때도 있다. 지나온 삶을 돌아보면 가슴이 답답하고 후회스러운 일도 있을 것이다. 하지만 어느 것 하나 바꾸기엔 이미 늦었다. 그러니 회한을 두고 돌아보며 가슴을 치기보다는 지나간 일은 그대로 고이 마음속에 묻어두는 편이 낫지 않을까? 그 험난한 길을 걸어오느라 수고한 나 자신을 위로하면서. 이제 내 앞에 주어진 삶을 다시 잘살아 볼 수밖에는 없다. 남은 삶에는 또 다른 길을 선택할 여지는 언제나 남아 있는 것이니. 온종일 추적추적 내리는 비에 가을 공기가 서늘하다.

맨발로 걸어볼까?

산에 올랐다. 맨발 걷기를 하려는 참이다. 온종일 내리는 비에 기온이 뚝 떨어져 비로소 가을 느낌이 났다. 9월의 끝자락에 와서야 가을이 불쑥 고개를 내민다.

맨발 걷기가 유행인가 보다. 어느 방송에 나온 것 같고, 몇몇 분들의 맨발 걷기 예찬을 읽고 나 역시 동참하는 중이다. 공원의 좁은 흙길은 이미 차지한 사람들이 있어 여의치 않으므로 뒷산에 오르기로 마음먹었다.

항상 가는 똑같은 길이건만 늘 새로운 생명체를 만난다. 붉은 꽃받침에 검은 열매가 달린 누리장나무, 동화책에서나 본 것 같은 빨간 갓을 가진 붉은 그물버섯, 동글동글 귀여운 모양의 버섯. 비 오는 날 마실 나온 지렁이도 춤추듯 꿈틀거린다.

산의 평평한 곳까지 계속 걸어갔다. 가을이니 도토리가 익어서 툭툭 떨어진다. 뾰족한 밤껍질도 군데군데 벌어져 있다.

운동 기구와 테이블이 있는 산마루의 휴식 공간에 다다랐다. 벤치에 앉아 신발을 벗고 본격적으로 걷는다. 길은 세 갈래로 이어져 있으니 각 방향으로 조금씩 걸어본다. 맨발에 닿는 땅의 따끔따끔한 감촉을 느끼면서. 비가 오고 기온이 떨어진 후라 지면은 다소 차갑다. 땅 위로 울퉁불퉁 올라온 나무뿌리도 밟아봤다. 마치 땅과 나무와 내가 하나가 된 듯하다. 맨살을 부비고 나니 한층 더 친한 친구가 된 것인가?

저기서 맨발의 동지가 성큼 걸어오고 있다. 아는 이가 아니지만 처음 맨발로 걸을 때보다는 민망함이 덜어져서 좋다. 잠시 후에도 아주머니 한 분이 핸드폰 통화를 하며 자연스럽게 맨발로 산을 걸어 올라온다. 신발은 다들 산 아래에 고이 벗고 올라오시는 건가?

인적이 지나간 산은 다시 고요하다. 나지막한 풀벌레와 귀뚜라미 소리만 들려올 뿐이다. 나무 위에서 밤 하나를 입에 물고 신나게 내려오던 청설모와 눈이 딱 마주쳤다. 조그만 입에 밤을 물고 내려오는 모양이 우습기도 하고 귀엽다. 청설모는 어찌할 줄 모르고 한참 까만 눈을 데굴데굴 굴리며 마주 보더니 쌩하니 뒤돌아 다시 나무 위 꼭대기까지 달려올라. 가고 말았다. 입안에 든 밤이라도 억지로 뺏어 먹을까 봐 겁이 나서 도망가는지. 신이 난 청설모의 땅 아래에서의 오붓한 식사 시간을 방해한 것 같아 미안해진다.

일전에도 청설모가 식사하는 모습을 봤는데 작은 두 발로 밤을 단단히 움켜쥐고 껍질을 벗겨내고 있었다. 그리 딱딱한 껍질을 어떻게 작은 이로 벗겨내는지 궁금하다. 구경하려는 인간과 마주치면 여지없이 훌쩍 자리를 뜬다. 밥 먹을 때는 청설모도 건드리지 말아야 하나 보다.

숲속에 모여 사는 나무들 모양을 한참 들여다봤다. 나무 하나도 무엇하나 같은 모습이 없다. 나무뿌리는 땅 위로 가득 뻗어 나가고 나무둥치는 꼿꼿하게 하늘을 보고 서 있다. 아픈 내면을 여실히 드러내도 삶은 계속된다는 듯이. 몸통이 잘려나가고 밑동만 처연하게 남아 있거나 떨어져 나간 몸통은 땅의 색과 합하여 서서히 흩어져 땅으로 돌아가고 있다. 이 모든 나무의 모습에서 인간의 일생이 보인다. 삶과 죽음이 멀지 않구나. 생명력이 넘치는 나무 옆에는 죽은 나무토막이 스러져간다. 이 둘이 자연스럽게 하나의 산의 공간에 어우러진다.

수업하러 갈 시간이 다가오니 이삼 십 분의 맨발 걷기를 마치고 다시 돌아갈 준비를 했다. 흙이 묻은 발을 물티슈로 닦아 내고 양말을 신으려 했다. 아, 정신을 놓고 양말을 또 챙기지 않았구나. 어쩔 수 없이 물티슈로 쓱쓱 닦은 발을 신발에 욱여넣을 수밖에는. 어째 점점 자연인에 가까운 모습이 되어간다.

돌아오는 길에는 길에 떨어진 도토리가 자꾸 눈에 밟혔다. 알토란 같은 도토리를 주워 보니 윤기 나는 껍질이며 단단한 모양새가 앙증맞다. 원시 시대의 채집본능이 살아나서 결국 대여섯 개 주워들고 왔다. 도토리묵을 만들어볼까 해서 영상을 찾아봤는데 믹서기에 갈아서 여러 번 걸러내고 삼십 분은 끓여야 한다니 시작도 하기 전에 포기다.

다른 날에는 콩알만 한 밤도 몇 개 주웠다. 나뭇가지 사이를 비집고 들어가서 굳이 떨어진 알밤을 찾아냈다. 두 손으로 다부지게 알밤을 들고 먹던 청설모가 보면 가느다랗게 눈을 흘길 일이다. 저 인간이 내 알량한 식량까지 마음대로 집어가는구나 하면서.

집에 와서 알밤을 까서 맛을 봤다. 벌레가 먹어서 버려야 하는 것도 있고 생밤이라서 그런지 영 맛이 별로다. 이거야말로 청설모에게나 양보해야 할 맛이다. 청설모는 그리 맛나게 먹던데 인간은 괜히 그 식량을 축내고 인상을 찌푸린다. 인간이라는 경쟁자가 사라졌으니 가을이 가도록 내내 맛나게 드시기를.

리틀 포레스트의 가을

가을에 관한 영화하면 리틀 포레스트 여름과 가을
이 떠오른다. 주인공 이치코의 고향마을 코모리가 배
경이다. 엄청난 사건이 발생하는 것도 아니고 주인공
과 주변 인물들 몇몇만 등장하는 심심한 이 영화는
마음에 힐링을 준다. 주인공은 고향 시골 마을로 돌아
와서 혼자 농사를 지으며 시시때때로 주변의 농작물
들로 음식을 해 먹는 게 전부다.

가을의 대표적인 음식들이 등장한다. 어느 것 하나
쉽게 얻어지는 게 없다. 벼 베기를 하려면 뜨거운 햇
빛 아래서 모내기를 하여 한여름에 잡초를 뽑고 일일

이 낫으로 베어서 묶고 말려야 한다. 이치코는 혼자서도 꿋꿋하게 농사를 지어서 노랗게 익은 벼를 베어서 쌓아놓고 일 년 양식을 준비한다. 어머니는 왜 이 안온하나 외로운 공간에 이치코만 남기고 어느 날 훌쩍 집을 떠나갔을까?

나무의 덩굴을 타고 올라간 으름은 녹색에서 보라색으로 익어간다. 실제로 본 일은 없으나 바나나와 비슷한 맛이 난다는 말은 들었다. 익으면 가운데가 쩍 벌어지는 모양이 신기했다. 사람과 동물의 경쟁이 벌어진다는 표현에 웃음이 나고 공감이 됐다. 나무 위의 으름도 강가에 떨어진 호두나 밤도 모두 새나 다람쥐와의 치열한 경쟁에서 얻어지는 것이 아닌가?

무엇 하나 쉽게 얻어지는 것이 없다. 호두를 얻는 과정도 땅에 떨어진 호두를 일일이 줍고 땅에 묻어서 껍질이 썩으면 깨끗이 씻어서 말린다. 단단한 껍질 안에 알맹이를 얻으려면 수건으로 감싸고 망치를 대고 하나씩 깨야 한다. 호두 밥을 만들 때는 호두알을 방

망이로 찧고 갈아서 쌀과 섞어서 밥을 짓는다.

　이렇게 긴 과정을 거쳐서 만든 호두 밥을 벼 베기를 하고 난 후 도시락으로 먹는다. 이치코가 크게 한 입씩 베어 먹는 걸 보니 군침이 돌았다. 긴 기다림과 노동 후에 얻어낸 밥 한 덩이는 얼마나 소중한가.

　시간이 지나면서 낙엽이 점점 물들어가고 마을에서는 밤 조림이 유행했다. 마을의 한 아저씨가 실험 삼아 밤에 설탕을 넣고 끓여낸 밤 조림을 지나가는 사람들과 나눠 먹는다. 마을 사람들은 여기에 다른 양념들을 추가하면서 자기만의 조리법을 만들어낸다. 레드와인을 넣고 브랜디 넣고 그것들을 서로 나눠 먹는다. 각자 자기가 좋아하는 재료를 넣어서 만든 밤 조림은 다른 맛이 날 것이고 그 맛을 평하는 재미와 이야기가 더해진다.

　밤 조림을 나누면서 동네 아주머니들이 모여서 수다를 떠는 장면도 포근하다. 주인장 이치코는 말린 고구마를 난롯불에 구워서 대접한다. 단지 고구마에 불과하지만 수확한 고구마를 삶고 얇게 자르고 짚에 묶어서 처마 밑에 말리는 등 정성이 가득 들어간 음식이다. 남편 자랑이나 흉을 보면서 웃음꽃이 피는 장면이 훈훈했다.

이치코 네 마을에서는 집 청둥오리 농법으로 벼농사를 짓는다. 어린 오리부터 키워서 논 사이로 보내어 벌레를 잡고 잡초를 뜯어 먹게 한다. 이렇게 정성스럽게 키운 오리를 때가 되면 잡아먹기도 한다. 동네 주민은 이치코가 식탐이 많아 보이는지 오리를 잡을 때 그녀를 불러서 도움을 요청한다. 식탐이 많은 게 아니라 먹을 복이 있는 거겠지.

뜨거운 물에 넣어 오리 깃털을 불리고 뽑아서 해체까지 척척 해내는 모습에 웃음이 났다. 처음 죽은 오리 한 마리를 자루에 넣어서 가지고 올 때의 주인공의 착잡한 얼굴과 대조적이어서이다. 부위별로 회, 구이, 탕, 조림 등등 맛나게 먹는 모습이 나온다. 단백질을 보충하기 위해서는 키우던 오리라도 소중한 식량이 될 수밖에는 없으리라.

정감 어린 영화의 장면들을 보면서 어린 시절에 어머니와 함께 집안일을 하던 기억이 떠올랐다. 시골이 아니라 서울 생활이었지만 분명 요즘보다는 한 끼를 준비하는데 긴 시간이 걸렸다. 김을 재우려면 마른 김에 참기름을 바르고 소금을 뿌린 후 한 장씩 정성스럽게 프라이팬에 구워내야 했다. 재래시장에 가면 어머니가 닭장에 있는 닭 중에 한 마리를 고르고 가게 아저씨가 커다란 솥에 넣어서 털을 벗겨내는 걸 훔쳐본 기억도 있다.

이치코가 요리를 하면서 발견한 것처럼 그녀의 어머니는 단순한 채소볶음 하나를 만들어도 셀러리 껍질을 하나하나 벗겨내는 시간과 정성을 들였다. 요리가 정성이라는 건 옳은 말씀이다. 부드러운 채소볶음의 비밀은 여기에 있었다.

인스턴트에 길든 현대인에게는 이런 자급자족의 생활이란 꿈과 같은 이야기일 수도 있다. 하지만 어느 무르익은 가을날에는 장화에 집게를 들고 밤을 줍고 텃밭에서 딴 채소를 오랜 시간 손질해서 소박한 식사를 해볼 수 있으면 좋겠다. 빨갛게 물 들어가는 석양을 오래도록 바라보고 집으로 천천히 걸어서 돌아오고 싶다. 따뜻한 장작불이 타는 난로 옆에서 고소한 고구마 익어가는 냄새를 맡을 수 있다면 더 행복해지리라.

가을, 변치않음을 심는 계절

다시 태어난다면 사시사철 푸르른 소나무로 태어나면 어떨까?

청솔. 중학생 때 친구들과 시를 쓰면서 마치 시인처럼 붙인 호였다. 변치 않는 것에 대한 갈망이 사춘기에 자리 잡았던 나는 가을에도 단풍을 보기보다 구름 한 점 없이 높아져만 가는 푸른 하늘을 바라보는 것이 좋았다. 한결같은 마음으로 살고 싶은 마음. 세월이 지나도 변치 않는 사람. 그런 사람이 되고 싶었다. 어쩌면 인간이 감당해야 하는 수많은 변화들이 겪어야 하는 필연적인 것이기에 우리는 모두 변치 않는 가치에 대하여 고뇌하게 되는 것 같다.

가을이 왔다. 풀벌레들의 소리와 바람이 손끝에 만져지는 아름다운 계절. 시들어 가는 나뭇잎들을 보며, 건조한 공기와 뒤섞인 마른 낙엽의 냄새가 코끝을 건드리며 마치 공들여 화장한 뒤 한나절도 되지 않아 일정이 끝나 가는 것 같은 아쉬움을 안긴다.

봄을 맞이하고 여름을 즐겼다면, 가을은 누리는 것. 적지 않은 나이가 되어 '지나간 가을'의 수를 헤아려 보니 새삼 벌써 이리되었나 하며 피식 웃음이 나온다. 한 해 한 해 가을이 찾아오면 발을 동동 구르며 곧 새해가 오고 한 살을 더 먹을 것 아닌가 하며 서두르기 바빴던 시절을 지내고 이젠 비 오는 창밖을 보며 한 구절의 책을 벗 삼는 내가 도리어 좋아지는 것은 세월을 얻은 자아에 대한 인식과 이해일 것이기에, 한풀 꺾인 여름처럼 한 시절을 접은 내게 주는 선물을 이 가을에도 거두어들여 본다.

어느덧 이 '가을'이 사라지며 지고 상실하는 계절이 아니라 눈에 보이지 않는 무언가를 위한 믿음을 쌓는 계절이라는 한 줄기 깨달음이 다가온다.

믿음을 싣지 못하는 시대가 되었다. 사람이 사람을 믿지 못하며, 각종 속임수와 사기가 판을 치고, 늘 가는 산책마저 때로는 두려운 뉴스들로 떨게 되는 세대에 살고 있는 우리가 서기에 안전한 곳이 있을까. 한 번쯤 소망하고 바랐던 아름다운 세상이 허위와 가식의 허울의 탈을 뚫어내어야 진의가 보일법한 인간의 삶 가운데에서도 그러나, 변치 않는 작은 진실들을 지켜내기를 원하며 사는 사람들이 곳곳에 심어져 있을 것을 바라본다.

실은 변치 않는 것이 없다. 사시사철 푸르른 소나무와 사철나무도 나무 끝가지를 뻗어내며 늘 변한다는 것을 생각할 때, 자신을 감추고 추운 겨울을 나는 다른 존재들과 달리 새파랗게 언 마음을 비치며 버텨내야 하는 숙명을 기꺼이 감내하며 자연법칙의 일부를 이루는 존재가 또한 인간에게 강인함을 상징하도록 하는 것일 뿐.

사뭇 추위가 찾아들기 전 아직 가시지 않은 온기를 가슴 깊이 흡입하며 그 푸르름에 대하여 생각한다.

어느 가을, 늘 걸어 다니던 거리에 바람이 찾아들며 사그러든 담쟁이가 벽을 맨살처럼 드러내던 날, 다시 찾아들 봄을 기리며 한 편의 시를 써 내려갔다. 이 글이 지금 다시 내 마음 가운데 떠오르는 건 아마도 변치 않는 마음을 가진 한 사람으로서 살고자 하는 서약을 내 속에 믿음으로 싹 틔우고자 하는 심정 때문이리라.

담쟁이에게

네가 있었던
여름은
참 따뜻하였었다

푸른 하늘이 바람이 되어
너의 숨결을 거두어들일 때

너의 아름다움은
주검이 되어 스러져 가지만

나는 내게 허락된 망각의 시간인 양
거리를 밟으며 걸어간다

깊은 호흡만큼이나
가을은 푸르러 가는데

내 마음을 덮어주었던 너는
어찌 서늘한 헤아림이 되어가는지

명예스러운 순응으로
사라져 버린 너의 기억 위로

지순한 훗날의 서약은
봄처럼 날아들었다.

열일곱

다시 돌아오는 계절이
겨울이래
앞인지 뒤인지 잘 모르겠지만
난 겨울이 앞이라 믿어서
가을은 내 마지막이야

떨어지는 낙엽처럼
찬란하고 열렬히 붉게
그렇게 잘 보냈어

기다릴 그 가을에

내 추억을 데리고 또

우린 만남을 도약하자

어릴 적 이야기

햇병아리 솜털 자라나고
어느새 노란 민들레 씨가 피어나는 듯해
안개로 젖은 가을에 낙엽은 무수하고
바다와 하늘은 서로 뒤집혀
제주도의 바다를 떠오르게 하지

노을의 빛깔이
조금씩 옅어질수록
햇병아리는 눈 깜짝할 사이에 자라고 있어
모이를 쪼아댄 여린 부리가
무뎌 보일 때쯤

추석이 다가오면
온 가족이 모여 즐거운 담소를 나누지

여기저기 햅쌀을 익히는 흰 연기가
모락모락 피어나네
이웃이 준 새빨간 사과는 달콤해

귀뚜라미의 노랫소리는
별 그득한 밤하늘의 수호자
얼마나 청명하게 들리는지
어느새 자장가가 되었어

그늘진 가을 정류장에서

한여름 정류장을 뜨겁게 달구던 햇빛도
가을이 정류장에 들어서자 닿지를 않네

쌀쌀해진 날씨에 쓸쓸한 마음 커지는데
그대가 탄 버스는 쌩쌩 지나쳐갈 뿐이네

길어진 정류장 그림자가 점점 날 삼키고
그대가 날 못 보고 지나칠까 발을 구르네

초가을 무렵 낙엽은 떨어지지 않았는데
메말라가는 마음 먼저 이곳에 나뒹구네

길가에 쓰러진 가을

가을 길가에 함께 쓰러진 낙엽에게
힘없이 토닥이며 혼잣말을 던진다

찬란하게 피웠던 벚꽃을 잊지 못해
너 역시 이 가을을 부정하곤 했을까

다가올 눈보라에 얼어붙을 걱정에
너 역시 애써 눈물 삼키고는 했을까

사랑으로 따스했던 숨결을 잊은 채
우리는 이대로 메말라가는 것일까

낙엽이 쌓인 계곡

노란 금빛으로 계곡물이 물든다면
바람이 차갑다며 길이 미끄럽다며
그대 손을 잡고 걷는 시간이 됩니다

붉은 단풍 피어난 곳에 다다른다면
발갛게 달아오른 우리 얼굴 같다며
제가 그대를 꼭 끌어안게 될 겁니다

낙엽이 쌓인 계곡물을 들여다보면
다른 곳에서 자라 아름답게 껴안은
그 모습 우리와 퍽 닮지 않았습니까

그대도 나와 같은 생각을 하였다면

이대로 함께 한 물결을 따라 걷는

그런 시간, 평생 같이 해주겠습니까?

가을비

고성과 욕설이 난무하는 여느 때와 다름없는 날이었다. 다른 점이 있다면 이제는 내 마음이 부서지고 있다는 사실이었다. 그전부터 아주 조금씩 흘러넘치던 마음은 금이 갔다 메꿔지기를 반복했다. 누군가는 이 과정을 성장이라고 말할지도 모르겠다. 그러나 나는 이 모든 게 버거웠다. 다 버리고 도망가고 싶었고, 종래에는 차라리 부서지길 바랐다. 학습된 무기력함에 갇혀 하루하루 숨만 겨우 쉬던 나날이었다. 반복되는 시간 속에 있는 나와 달리 계절은 착실히 바뀌었다. 몇 번째 가을일까. 푸슬푸슬 내리는 가을비를 보며 멍하니 생각했다. 공기가 서늘했다. 소리조차 들리지 않는 가벼운 비가 하루 종일 내리고 있었다. 나는 우산을 쓰고 놀이터에 앉아있었다. 나무 밑 벤치에 앉아 하늘을 올려다보고 있었다. 나뭇잎과 구름에 가려 하늘색은 조금도 보이지 않았다. 그럼에도 눈을 뗄 수 없었다. 나뭇잎이 비에 맞아 한 장씩 떨어졌다. 우산에도 몇 개인가가 떨어졌다. 멍하니 하늘을, 나뭇잎을, 허공을 바라보던 나는 흠칫 몸을 떨었다. 비스듬히 기울어진 우산에서 떨어진 빗방울이 바지를 적셨기 때문이었다. 차가웠다. 갑자기 빗방울의 존재가 뚜렷이 느껴졌다. 우산 밖으로 손을 내밀자, 손바닥으로 빗방울이 톡톡 떨어졌다. 너무도 생경했다. 한 번도 비를 이런 식으로 느껴본 적은 없었다. 그 느낌이 어쩐지 맘에 들어 하염없이 손을 내밀고 있었다. 소매가 젖어 들 때쯤에서야 겨우 집으로 돌아왔다. 그 뒤로도 특별히 변한 건 없었다. 그저 조금 더 부지런해지고 조금 더 늦게 귀가했다. 방 안에 가만히 누워있기보다 밖에서 부서지는 마음을 그러모았다. 하고 싶었던 목록을 적고, 시도해 보면서 이런 데에 관심 있었구나 하고 깨달았다. 그날 느낀 가을비가 아직도 느껴지는

듯했다. 가볍게 흩날리던 빗방울이 아직도 내 마음을
적시고 있었다.

가을

여름에 태어나서 그런지
가장 좋아하는 계절은 언제나 여름이었다

이제는 나이를 먹어서인지
한결 선선한 가을이 기다려진다

유난히 파란 하늘
유난히 붉은 노을

온전한 가을의 한기인지
완연한 겨울의 초입인지
헷갈리곤 한다

따스한 듯 하면서도
차갑기도 한 가을의 매력이다.

작가님들과 함께 성장하는 출판사
포레스트 웨일입니다.
작가님들의 소중한 원고를 받고 있습니다.
forestwhalepublish@naver.com

포레스트 웨일 공동 작가

가을이 왔어요

초판 1쇄 발행 2023년 10월 16일

지은이	김승현 │ 유복희 │ 김원민 │ 유영미 │ 퍼팬 │ 다담 │ 봄비가을바람
	꿈꾸는쟁이 │ 최동준 │ ED │ 백우미 │ 김동방 │ 지후 │ 박지형
	기록 그리고 기억 │ 서화 │ 리온 │ 수아 │ 메이 │ 김미생 │ 연분홍
	윤재 │ LYR │ 사랑의 빛 │ 이상 │ 사각사각 │ 김혜연 │ 수현
	BlueMoon │ 유화양 │ 미소

디자인	포레스트 웨일
펴낸이	포레스트 웨일
펴낸곳	포레스트 웨일
출판등록	제2021 - 000014 호
주소	충남 아산시 아산로 103-17
전자우편	forestwhalepublish@naver.com

전자책	979-11-92473-77-2
종이책	979-11-92473-78-9

ⓒ 포레스트 웨일 │ 2023